U0153431

全新官方臉書

五南讀書趣

WUNAN
Books

since1966

Facebook 按讚

 1 秒變文青

 五南讀書趣 Wunan Books 🔍

★ 專業實用有趣
★ 搶先書籍開箱
★ 獨家優惠好康

不定期舉辦抽獎
贈書活動喔！！！

經典永恆・名著常在

五十週年的獻禮——經典名著文庫

五南，五十年了，半個世紀，人生旅程的一大半，走過來了。

思索著，邁向百年的未來歷程，能為知識界、文化學術界作些什麼？

在速食文化的生態下，有什麼值得讓人雋永品味的？

歷代經典・當今名著，經過時間的洗禮，千錘百鍊，流傳至今，光芒耀人；

不僅使我們能領悟前人的智慧，同時也增深加廣我們思考的深度與視野。

我們決心投入巨資，有計畫的系統梳選，成立「經典名著文庫」，

希望收入古今中外思想性的、充滿睿智與獨見的經典、名著。

這是一項理想性的、永續性的巨大出版工程。

不在意讀者的眾寡，只考慮它的學術價值，力求完整展現先哲思想的軌跡；

為知識界開啟一片智慧之窗，營造一座百花綻放的世界文明公園，

任君遨遊、取菁吸蜜、嘉惠學子！

專業編劇養成術

透過具體的練習，
眞正學會撰寫劇本的方法

尾崎將也　著

簡捷　譯

五南圖書出版公司 印行

3年でプロになれる脚本術

尾崎將也

3-NEN DE PURO NI NARERU KYAKUHON-JUTSU

by OZAKI Masaya

Copyright © 2016 OZAKI Masaya

All rights reserved.

Originally published in Japan by

KAWADE SHOBO SHINSHA Ltd. Publishers, Tokyo

Chinese (in complex character only) translation rights arranged with

KAWADE SHOBO SHINSHA Ltd. Publishers, Japan

through THE SAKAI AGENCY and BARDON-CHINESE MEDIA AGENCY.

Complex Chinese translation edition © 2019 Wu-Nan Book Inc.

序言 PREFACE

　　一個已經學會騎腳踏車的人，要教別人騎腳踏車，可不是件容易的事。會騎的人只要坐上腳踏車、踩下踏板，車子自然而然會前進，因為對這個人來說，「騎腳踏車」這件事已經在下意識中自動化了，要他具體說明這種狀態，反而難如登天。

　　如果用儀器觀測呢？假如我們具體記錄一個人騎腳踏車的時候，將百分之幾的體重分配到踏板上、身體傾斜幾度，不會騎腳踏車的人看了這些數據，就能學會騎腳踏車了嗎？當然不可能。畢竟這些數據只是結果，人騎在腳踏車上的時候，從來不會意識到自己身體傾斜幾度。

　　我舉這個例子開頭，正是因為教人撰寫劇本的時候，也會面臨類似的問題。

　　說到底，「編劇」這件事有辦法教給別人嗎？答案大概是肯定、否定各占一半。我們先假設學習編劇的「第一階段」為寫出具備基本格式的劇本，也就是「有登場人物、故事，在規定頁數內描寫一定的內容，而且能讓讀者理解」；第一階段不難教給別人，學習難度也不高，但是只達到「第一階段」還沒有辦法成為專業編劇。接下來的「第二階段」才是問題所在：要成為專業編劇，必須寫出讀來饒富趣味、引人入勝，足以動人心弦的作品，這才是最困難的一點。其中竅門不僅難以傳授，學生也很難學得會。

　　我在編劇教室任教十餘年，認為和其他專業領域的學校、教室相比，編劇教室栽培出專業人士的難度最高；不是老師教得不好，也不是

學生不認真，只是學習編劇的路途本來就十分艱難。若把專業編劇比為F1賽車手，我們剛剛提到的「第一階段」大概僅相當於取得駕照而已。從考取駕照到成為F1賽車手，中間還有一段漫長的路要走，學習編劇的人必須克服這段遙遠的距離。

本書乃是以我2013年開始撰寫的部落格（http://ozakimasaya.jp/blog/）為基礎，大幅修改、重編而成。這部落格原本只是隨手記下我指導學生、編劇過程中的所見所感，目的並不是系統化整理劇本寫作技巧或學習方式。曾有幾位部落格讀者建議我把這些文章整理成書，但我總是遲遲沒有採取行動，因為市面上不乏剖析劇本寫作技巧的書籍，內容也都十分紮實，即使我把自己的部落格整理成書，恐怕也難以超越現有的參考書。

然而另一方面，我對坊間的編劇指南書仍然有所不滿。雖然每一本書都記載了正確知識，但我總覺得學生讀完這些書，恐怕還是沒有辦法自己寫出劇本。究竟是為什麼？我左思右想，發現其實是這麼回事：不論多仔細說明腳踏車的構造，學生也不會因此學會騎腳踏車；而且正如前文所述，再怎麼吸收各項數據資料，熟記騎腳踏車的時候身體傾斜幾度，也無法因此學會騎腳踏車。但是大部分編劇指南書的內容，卻只向讀者解說腳踏車的構造、描述一個人騎腳踏車時的各項數據而已。（不過請注意，這並不是非黑即白這麼簡單的問題；劇本寫作不如騎腳踏車單純，無法將「腳踏車構造」和「騎乘方法」輕易切割開來，這也是其中棘手之處。）

因此，這次出版社正式邀我將部落格文章彙編成書，我的目標便顯而易見了：不只停留在腳踏車構造、分析騎腳踏車時的狀態，同時也要寫出真正學會撰寫劇本的方法，以及具體的練習方式。若能達成這個目標，我想本書除了編劇以外，對各種創作相關工作都會有所幫助，說不定在各位讀者想達成某些人生目標時也能派上用場。

基於上述原因，本書鮮少著墨於前文提到的「第一階段」，坊間相關書籍眾多，讀者若有需要，不妨逕行參考。

　　編劇這一行讓我樂在工作，做自己喜歡的事，又能藉以維生，正是名符其實的「把興趣當飯吃」。希望本書多少能帶領讀者，往這個世界更前進一步。

目錄 CONTENTS

| 第一章 | 這些知識決定你的起跑線 | 1 |

3 ▊ 先有「輸入」才能「產出」

5 ▊ 為什麼編劇需要「輸入」的東西曖昧不明？

8 ▊ 「P／PC 平衡原理」是學習編劇的基礎知識

12 ▊ 培養 PC 需要三年的時間？

| 第二章 | 往「腦內土壤」輸入：輸入什麼？如何輸入？ | 15 |

17 ▊ 先給「戲劇」一個明確的定義

19 ▊ 經典電影百部練習

26 ▊ 嘗試分析電影

28 ▊ 如何運用電影分析結果？

31 ▊ 分析電影，同時學習故事編寫與架構

34 ▊ 看出架構了，然後呢？

36 ▊ 「掌握」的重要性

38 ▊ 了解「弦外之音」的概念

40 ▊ 電影分析實例一：《第六感生死戀》

43 ▊ 電影分析實例二：《羅馬假期》

45 ▊ 電影分析實例三：《北非諜影》與《黑獄亡魂》

47 ▊ 塑造劇中人物需要做什麼功課？

50 ▊ 練習塑造人物性格

53 ▊ 接觸心理學知識

| 第三章 | 把「輸入」資料化為「產出」成果 | 55 |

57 ┃ 如何建構故事

64 ┃ 不分「起承轉合」也不分「三幕」，那該怎麼分？

68 ┃ 數位的故事，類比的人物

71 ┃ 劇中主角一定要成長嗎？

73 ┃ 劇本的 WHAT 與 HOW 問題

78 ┃ 徵稿比賽對 WHAT 也有所要求

79 ┃ 初學者宜避免的題材與類型

82 ┃ 跳入泳池

84 ┃ 編劇不需要主題？

| 第四章 | 專業編劇的工作情形／成為編劇的三條路 | 87 |

89 ┃ 連續劇製作過程（一）：企劃與故事有何不同？

91 ┃ 連續劇製作過程（二）：絕對要避免「無戲可拍」的狀態

94 ┃ 各種企劃書

96 ┃ 企劃實例一：《熟男不結婚》

99 ┃ 企劃實例二：《老公當家》

101 ┃ 編劇就像「煮火鍋」

103 ┃ 《七人女律師》與《熟男不結婚》

105 ┃ 非得等到火燒屁股才肯全力趕工的問題

107 ┃ 樂在取材

109 ┃ 取材大小事

112 ┃ 成為編劇的三條路

117 ┃ 如何成為懸疑劇的編劇

122 ┃ 徵稿比賽全憑運氣？

125 ┃ 擔任徵稿比賽評審的幾個想法

| 第五章 | 留意這幾點，編劇功力立刻三級跳 | 127 |

129 ┃ 初學者撰寫大綱的常見錯誤

133 ┃ 畫面描述這樣寫就好

137 ┃ 撰寫臺詞的注意事項

140 ┃ 「分場大綱」寫不寫？

143 ┃ 「低潮」的定義與對策

| 終　章 | 寫出有趣劇本的必要條件　尾崎將也與準編劇的座談會 | 147 |

149 ┃ 該怎麼知道自己程度如何？

151 ┃ 我想進一步了解「數位故事」的意思！

153 ┃ 如何更客觀審視自己的作品

154 ┃ 時間有限，該先做什麼練習？

155 ┃ 深入探討「卡片製作」

157 ┃ 有些事分析不出結論

158 ┃ 對人多點興趣！

160 ┃ 思考自己的特性為何

161 ┃ 真的不用思考創作主題嗎？

162 ┃ 尾崎學生時代遇過的困難

163 ┃ 新手不擅長「從途中開始」說故事

164 ┃ 雖然我不寫分場大綱……

165 ┃ 情報與情緒

166 ┃ 為什麼用功學習就會忘了「情緒」

參考文獻　169

第一章　這些知識決定你的起跑線

先有「輸入」才能「產出」

世間萬物都有其來源,製作電器用品需要零件,植物也需要吸收水分和養分才得以成長。產生「結果」之前,必先有導致結果的「原因」。

人要完成一件事也一樣;不只是編劇,只要目的是「產出」某種結果、獲得某種成就,那就必須先「輸入」某些東西。例如運動或音樂需要練習;想成為律師必須熟記法條;想學開車,必得先學習交通規則,到駕訓班了解車子的構造和駕駛方法,然後實際練習開車,這些都是「輸入」的過程。想當編劇也一樣需要事前「輸入」,必須事先學習如何寫出吸引人的劇本,針對劇中描寫的題材進行採訪等等。

不論身在什麼領域,人人都希望自己的「產出」成果更上一層樓。運動員想提升得分能力,音樂家也想追求更高深的演奏技巧。「產出」的品質是否能提升,當然取決於「輸入」的質與量,這也是眾所周知的常識。運動員和音樂家日以繼夜練習,無非是為了精益求精。

然而,一旦到了編劇的領域,這個「常識」卻顯得曖昧不明。雖然大家都知道要「練習」才能寫出好劇本,但是該練習什麼、練習多少、如何練習,卻沒有定論。

　　編劇的目標非常明確，例如奪得獎項、寫出讓導演眼睛一亮的有趣作品，換言之，便是寫出專業編劇等級的劇本。想要「產出」的東西如此明確，卻難以想像該「輸入」什麼才能達到目標。爲什麼編劇領域會有這種現象？

NOTE

為什麼編劇需要「輸入」的東西曖昧不明？

　　舉例來說，第一次練習彈鋼琴的人，必定會意識到自己從沒碰過鋼琴，也知道自己從零開始學習，未來若想彈得一手好琴，必得經過相當程度的苦練。初學者實際按下琴鍵，一聽到琴聲，也會立刻明白自己彈得不好。

　　換作劇本則不是這麼回事了。偶爾會有初學者以為不用學多久就能成為專業編劇，也有人一廂情願以為自己寫出了空前絕後的傑作。即使撇開這些極端案例不談，編劇初學者還是難以估計自己該花多少心力練習才能進步，也很難掌握自己寫出的劇本大約是什麼程度。為什麼學習編劇會有這種難處？

　　劇本以中文寫成，而中文大家天天都在用。鋼琴初學者能意識到自己「才第一次碰鋼琴」，相較之下，編劇則不然：撰寫劇本以熟悉的語言為媒介，因此初學者很快就能寫出具備「劇本」格式的作品，完成人物設定、事件經過、想要著墨的主題，不消多久即可寫出具有相當意義與內容的劇本（亦即序言中提到的「第一階段」）。然而，這時寫出來的作品只是「符合劇本格式」，旁人讀起來一點也不覺得有趣。寫出劇本沒有想像中難，也覺得自己寫得不差，但是別人讀了卻覺得沒什麼意思。初學者於是卡在這個循環中難以進步，陷入這般窘境的人不在少數。學習編劇，可以說從陷入這個窘境之後才開始。

自己認為劇本寫得不錯，其他人讀了卻嫌無趣……為什麼會產生這種落差呢？箇中原因在於，我們難以客觀審視自己撰寫的劇本，難以一眼看出「我的作品哪裡不好？」「跟專業編劇的劇本差在哪裡？」無法看清這點，更不知道如何改善問題、如何練習編劇了。

何謂「客觀審視」？舉個例子，唱卡拉 OK 的時候，即使覺得自己唱得還不錯，事後聽到錄音還是難免倍感震驚：「原來我唱得這麼差啊？」這就是客觀審視自己的歌唱技巧。換作是劇本，「客觀審視」就不容易了。作者閱讀自己的劇本時，本人雖然力求客觀，卻無法完全排除腦海中「想寫出某種作品」、「想表達某種意涵」的念頭。閱讀時，我們透過雙眼擷取文字，在腦中重新建構出其中蘊含的訊息；但是閱讀自己的作品時，這些外來的訊息容易與腦海中固有的意圖、想法相混淆。正因如此，得意作不受任何人肯定的時候，才會有人覺得「是那些人太愚蠢，無法理解我的大作。」凡是以文字為媒介的領域，都會面臨這共通的難題。

以編劇來說，教、學雙方都必須先對這個難題有所認知（這是劇本特有的難處，不過意識到這一點的編劇教師仍然少得令人意外）。除此之外，編劇學生也必須像初學鋼琴的人一樣，意識到自己是「初學者」，懷著一顆謙虛的心站上起跑線（至於如何客觀審視自己的作品，則留待本書其他章節說明）。

　　你一定會迫不及待地說：「知道了，我會保持謙虛的態度，也會儘量客觀審視自己的作品，快告訴我學編劇該『輸入』哪些知識吧！」不過在那之前，我想先跟各位解釋另一個重要觀念。

NOTE

_____

_____

_____

_____

_____

_____

_____

_____

_____

_____

_____

「P／PC 平衡原理」是學習編劇的基礎知識

　　「P／PC 平衡原理」是史蒂芬・柯維（Stephen R. Covey）於其著作《與成功有約：高效能人士的七個習慣》（*The 7 Habits of Highly Effective People*，中譯本由天下文化出版）提出的概念。對於「輸入」作業而言，這是既重要又有效的思考方式。「P／PC」中的 P 指的是成果（Production），PC 則是達成目標的能力（Production Capability）。以運動來說，贏得比賽是 P，練習過程中訓練出的體能則是 PC；再舉個例子，如果蔬菜等農作物是 P，那栽培作物的田地就是 PC。以編劇來說，P 是創作出來的劇本，PC 則是大腦中撰寫劇本的能力。

　　從前文提過的「輸入」與「產出」的角度來看，「輸入」是針對 PC 採取的行動。例如鍛鍊身體、提升體能，幫田地施肥等，都是對 PC「輸入」的行為，PC 因而產出的成果便是 P。「輸入是針對 PC 採取的行動」，這一點非常重要，請各位讀者牢記在心。

　　為什麼學編劇要先了解 P／PC 平衡原理？因為人有個麻煩的傾向：我們往往只注意到 P，遺忘 PC 的重要性。《伊索寓言》中有個〈下金蛋的鵝〉的故事，將這種傾向表露無遺：

　　有一天，農夫發現家裡養的鵝下了金蛋。從此以後，鵝每天下一顆金蛋，農夫賣掉金蛋，累積了一筆財富。但是農夫漸漸起了貪念，嫌每天一顆蛋不夠。貪得無厭的農夫相信鵝肚裡一定塞滿了金塊，於是把鵝宰了，但是鵝肚裡根本沒有什麼金塊；農夫不僅一無所獲，還賠上了天天生金蛋的鵝。（引自維基百科）

　　這故事一般的寓意是「做人不可貪心」，不過同時也是理解「P／PC平衡原理」的貼切譬喻。故事中下金蛋的鵝等同於PC，金蛋則是P；農夫若好好養鵝（PC），每天都能得到金蛋（P），但是失去了PC，連原本能獲得的P都沒了。也可以說這故事告誡我們，人容易只著眼於P，而忘了PC的重要性。

　　學習編劇比其他領域更容易忽略PC，因為「編劇」的PC在大腦裡面，並非具體有形的事物。種植農作物的時候，田地和作物都存在於外界，所以作物發育不良，不難聯想到「也許該多給田地施點肥」。相較之下，撰寫劇本的人只看得見眼前自己的作品，容易一個勁地苦思「該如何改善這部作品」。但是別忘了，要寫出好劇本，腦中得先有編劇能力（PC）；反過來說，只要能力足夠，自然能寫出好作品。所以第一要務不是改善劇本（P），而是改善腦中的能力（PC）。說是這麼說，不過要寫出好劇本，也不是打開腦門、動個外科手術就能辦到；唯有透過眼睛、耳朵汲取外在資訊，影響頭蓋骨底下看不見的腦，才能建立起編劇的PC。

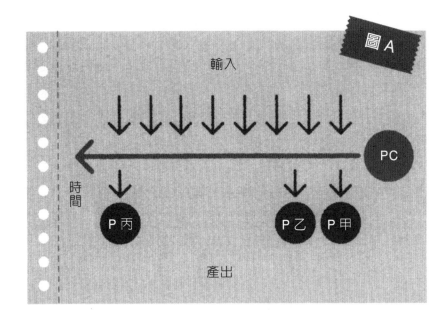

此外，還有一個不可不知的重點：學習編劇時，對 PC 進行「輸入」需要一定的時間。

我們將這個現象畫成「圖 A」，以時間為橫軸。剛開始學習編劇的人，寫出的劇本「P 甲」若不盡理想，表示腦中累積的編劇能力（PC）還不夠，因此必須繼續對大腦進行輸入（後文將詳述該輸入什麼、如何輸入）。

經過一定時間，累積了足夠的 PC，即可寫出好劇本「P 丙」。走到這一步必得花上不少時間，但是編劇初學者往往在作品「P 甲」差強人意時，緊接著著手撰寫「P 乙」，以為只要加倍努力就能寫出好劇本。這是不可能的，畢竟 PC 的變化微乎其微，既然 P 是由 PC 產出，品質自然也不可能有多大改

變；換言之，「P 甲」和「P 乙」之間不會有太大差距。偶爾
會聽說某人從某個時間點開始，突然寫得出好作品了，這想必
是因為當事人的 PC 已經到達相當程度，也就是圖中「P 丙」
的位置。另外，換一個適合自己的題材也可能寫出好劇本，這
則是因為在熟悉題材的情況下，從現有 PC 產出 P 的過程更加
順利的緣故。

NOTE

培養 PC 需要三年的時間？

許多立志成為編劇的人難以成功，主要原因正是僅著眼於改善 P 的品質，卻疏於培養最重要的 PC，以致 PC 幾乎無所成長。必須徹底改變思考模式，認識 P／PC 平衡原理，花時間培養 PC，以提升 PC 之後產出高品質的 P 為目標。

但是，即使了解這個理論，執行起來想必也不簡單。首要問題是：該輸入「什麼」、「如何」輸入、輸入「多少」？本書將逐步探討這些問題。

同時還有一個重大問題，那就是「時間」。「我現在知道培養 PC 的重要性了，但是要花多少時間才能培養 PC 呢？」追根究柢，為什麼學習編劇如此曠日費時？針對這個問題，我只能說：因為劇本寫作就是這麼特殊、這麼困難的事情。即使如此，希望自己的努力早日開花結果是人之常情。以為花不到一年就能進入業界的初學者應該少之又少，但反過來說，要是學編劇得花上十年，大多數人恐怕也會望之卻步。一般而言，我們都希望在三年、最多五年左右的時間內，累積足夠的實力。

有鑒於此，本書設定「三年」的時間為基準。並沒有確切數據顯示花三年必定能培育出足夠的 PC，而是因為十年長得令人不耐，只花一年就想學好編劇又太不切實際；花「三年」

學編劇，不僅有可能實現，而且也是立志成為編劇的人願意付出的時間。因此，本書提及各項練習、作業時，會隨時意識到這些事是否能在三年內完成，各位讀者不妨也事先做好「努力三年」的心理準備，一起看看該採取哪些具體行動。

就我所知，以往幾乎沒有任何一本編劇指南書將習得某項能力所需的時間納入考量。

此外，PC、P 等用語稍嫌生硬，因此本書將 PC 稱為「腦內土壤」，P 則採取作品、劇本等常用說法。

NOTE

第二章　往「腦內土壤」輸入：輸入什麼？如何輸入？

先給「戲劇」一個明確的定義

　　一般人提到「戲劇」的時候，指的大多是「電視劇」，例如「我常看電影，但不常追劇。」這裡的「劇」是電視連續劇的簡稱。不過對於學習編劇的人而言，戲劇是鑽研對象，必須意識到「戲劇」一詞更嚴謹的定義。

　　「戲劇」是藝術的一種，除了戲劇之外，繪畫、雕刻、攝影、建築、音樂、舞蹈、文藝都屬於藝術型態（文藝指的是「以文章表現的藝術」，小說、散文、詩作皆屬此類。一般稱之為文學）。

　　戲劇又可分為舞臺劇、電影、電視劇、廣播劇等多種類別。電影問世之前，戲劇僅有「舞臺劇」一種；電影發明之後，運用相同技術製作戲劇，才催生出「劇情片」。後來收音機問世，廣播劇也隨之出現（現在也以「聲劇」、「有聲小說」統稱僅以聲音表現的戲劇），發明電視之後則出現了電視劇，到了最近，也有專供線上觀看的戲劇。

　　前文列舉的各種藝術型態，可分為兩大類：一是「必須透過時間表現」的藝術，另一種則無關乎時間。戲劇、音樂、舞蹈等皆屬於前者，「透過時間表現」是戲劇不可或缺的重點，稍後本書將詳加說明。

「電影也是一種戲劇」，一般人聽了這句話也許會覺得奇怪，不過對於學習編劇的人，這是理所當然的共識。另外，在體育賽事中出現意想不到的發展，播報員也常說「太戲劇化了！」這裡的戲劇則是一種譬喻，並不是指體育賽事和戲劇有任何關聯。這是一種慣用語，與我們此處討論的戲劇定義無關。我不希望把本書寫得太過艱澀，不過事先了解戲劇的本質，必然有助於後續學習。

NOTE

經典電影百部練習

　　我們暫時把劇本寫法，也就是「產出」方法放到一邊，先討論該如何「輸入」，培養能夠產出好劇本的「腦內土壤」。

　　偶爾會有編劇教室的學生問我：「老師，能不能告訴我們幾部有助學習編劇的電影？」會這麼問，表示那個學生看過的電影並不多，是不是以為只要參考幾部電影，就能成為專業編劇呢？很可惜，那是不可能的。

　　我從國中開始成為狂熱的電影迷，直到 32 歲當上編劇的時候，已經看了二、三千部的電影，其中自己覺得有趣、喜歡的電影也有幾百部。喜歡的電影我會重看好幾次，所以看過五次以上的電影大約也有一百部，其中特別喜愛的電影更會看上幾十次。自己提筆撰寫劇本的時候，這些電影便成了我可觀的助力。

　　多看經典電影，是學會撰寫劇本非常重要的「輸入」過程。平常不太看電影的人，不可能只參考幾部電影就成為專業編劇，這樣無法培養出專業編劇所需的「腦內土壤」。

　　話雖如此，要剛開始學編劇的人「馬上看完三千部電影」未免流於不切實際；既然本書以「三年成為專業編劇」為號召，必得提出短時間內提升實力的方法。綜合上述條件，本書的提案是「看一百部對於學習編劇特別有幫助的經典電影」，

一百部電影短則一年、長則三年也能看完。以下是我列出的「百部必看經典電影」。

即使是我個人喜歡的電影，如果對學習編劇沒有實質幫助，也不會列入以下的清單。以結果來看，這和一般的經典電影清單大同小異，可說每一部都是公認的名作。清單前半為西洋電影，後半為日本電影；《男人真命苦》無法挑出特定一部，因此視為「系列電影」選入。

Gone with the Wind	《亂世佳人》
City Lights	《城市之光》
It Happened One Night	《一夜風流》
Casablanca	《北非諜影》
The Third Man	《黑獄亡魂》
Citizen Kane	《大國民》
Roman Holiday	《羅馬假期》
It's a Wonderful Life	《風雲人物》
Sabrina	《龍鳳配》
The Apartment	《公寓春光》
Love in the Afternoon	《黃昏之戀》
Witness for the Prosecution	《情婦》
Sunset Boulevard	《紅樓金粉》
Some Like It Hot	《熱情如火》

12 Angry Men	《十二怒漢》
Rebecca	《蝴蝶夢》
North by Northwest	《北西北》
Psycho	《驚魂記》
Strangers on a Train	《火車怪客》
Plein Soleil	《陽光普照》
La Strada	《大路》
Il Gattopardo	《浩氣蓋山河》
Les Aventuriers	《冒險者》
Lawrence of Arabia	《阿拉伯的勞倫斯》
Ben-Hur	《賓漢》
The Great Escape	《第三集中營》
Dr. Strangelove	《奇愛博士》
The Bridge on the River Kwai	《桂河大橋》
Bonnie and Clyde	《我倆沒有明天》
Butch Cassidy and the Sundance Kid	《虎豹小霸王》
Midnight Cowboy	《午夜牛郎》
The Godfather	《教父》
The Godfather Part II	《教父 2》
Chinatown	《唐人街》

The Sting	《刺激》
The Sting	《刺激》
Jaws	《大白鯊》
Kramer vs. Kramer	《克拉瑪對克拉瑪》
Tootsie	《窈窕淑男》
Dog Day Afternoon	《熱天午後》
The Verdict	《大審判》
Dirty Harry	《緊急追捕令》
Taxi Driver	《計程車司機》
Annie Hall	《安妮霍爾》
Die Hard	《終極警探》
Ghost	《第六感生死戀》
Dave	《冒牌總統》
Big	《飛進未來》
Back to the Future	《回到未來》
The Silence of the Lambs	《沉默的羔羊》
Seven	《火線追緝令》
Midnight Run	《午夜狂奔》
What's Eating Gilbert Grape	《戀戀情深》
An Officer and a Gentleman	《軍官與紳士》
Juggernaut	《雷公彈》
Rocky	《洛基》

Foul Play	《小迷糊闖七關》
When Harry Met Sally...	《當哈利遇上莎莉》
E.T. the Extra-Terrestrial	《E.T. 外星人》
Titanic	《鐵達尼號》
Witness	《證人》
Wall Street	《華爾街》
The Butterfly Effect	《蝴蝶效應》
The Wrestler	《力挽狂瀾》

《生きる》	《生之慾》
《七人の侍》	《七武士》
《用心棒》	《大鏢客》
《椿三十郎》	《椿三十郎》
《羅生門》	《羅生門》
《野良犬》	《野良犬》
《悪い奴ほどよく眠る》	《懶夫睡漢》
《天国と地獄》	《天國與地獄》
《赤ひげ》	《紅鬍子》
《東京物語》	《東京物語》
《晩春》	《晩春》
《麦秋》	《麥秋》

《早春》	《麥秋》
《女の園》	《女之園》
《二十四の瞳》	《二十四隻眼睛》
《近松物語》	《近松物語》
《雨月物語》	《雨月物語》
《西鶴一代女》	《西鶴一代女》
《偽れる盛装》	《虛飾的盛裝》
《めし》	《飯》
《浮雲》	《浮雲》
《乱れる》	《情迷意亂》
《ゼロの焦点》1961 年	《零的焦點》
《日本のいちばん長い日》	《日本最長的一日》
《切腹》	《切腹》
《砂の器》	《砂之器》
《華麗なる一族》	《華麗一族》
《家族ゲーム》	《家族遊戲》
《幸福の黄色いハンカチ》	《幸福的黃手帕》
《男はつらいよ，系列電影》	《男人真命苦》
《祭りの準備》	《節日的準備》
《青春の殺人者》	《青春之殺人者》

《太陽を盗んだ男》	《盗日者》
《マルサの女》	《女稅務員》
《Wの悲劇》	《W的悲劇》
《新幹線大爆破》	《新幹線大爆破》
《たそがれ清兵衛》	《黃昏清兵衛》

NOTE

嘗試分析電影

　　看過許多電影之後，接下來該如何在撰寫劇本時活用這些經驗呢？爲什麼非得看這麼多電影不可？本節將會一一解答這些問題。

　　看經典電影有助於學習編劇，這點想必所有人都同意；但光只是「看」，學習效果有限。那該怎麼做呢？答案是「分析」。學習編劇的方法很多，不過學生時代讓我累積最多實力的方法，正是「分析精彩電影」。簡單說，「分析」就是針對電影中自己覺得精彩的地方反覆思考，直到找出答案爲止：原來這裡用了某某技巧，觀眾才會覺得好看。這是邏輯化的作業過程，將「精彩」這種感性的概念，逐一置換成理性邏輯：「爲什麼能造成這種精彩效果？」如此一來，便能直接將「寫出精彩劇本的技巧與知識」直接輸入到自己腦中。

　　且讓我們舉個例子，分析希區考克導演的《火車怪客》（1951年）。電影主角是位遭到跟蹤的網球選手，有一幕是主角站在網球場上，往觀眾席看去，跟蹤他的男子就站在那裡，目不轉睛地盯著他看。這時，其他觀眾的視線都追著球的去向，頭部也隨之左右轉動，只有那男子動也不動地盯著主角，是令人毛骨悚然的著名場景。不過，若只想到「這一幕真嚇人」便到此爲止，那就稱不上分析了。該從何分析起呢？

　　那男子若是在空無一人的地方盯著主角看，我認為驚悚效果會大打折扣。正是因為所有人的頭部都隨著視線左右轉動，卻只有這個男子直盯著這邊看，才令人毛骨悚然。從這一點導出的理論是：「把 A 放在空無一物的場所，無法予人強烈印象；在充滿 B 的地方僅放入一個 A，才更能突顯 A 的特徵。」導出這種類似公式的理論，就能在其他地方運用同樣技巧。例如，與其安排衣衫襤褸的男子一人獨處，不如把他安插在婚宴等眾人身著正式服裝的場合，更能強調他骯髒的衣著。

NOTE

如何運用電影分析結果？

接下來，我們要把分析結果累積、吸收到自己腦中，透過這種練習逐漸建立寫出精彩作品的能力。寫出精彩劇本的人，他們的「腦內土壤」裝滿了把一齣戲變有趣的技巧和方法，這項練習就是要把這些技巧、方法「移動」到自己的腦內土壤裡。

第一要務是把分析結果寫在紙上。我的做法是寫下「這句臺詞有趣的原因是……，這個技巧的公式是…… 」，每一項各寫在一張卡片上。使用卡片的形式記錄，是因為後續可以分門別類歸檔。若每看一部電影，就把電影裡值得學習之處全都列在筆記本上，臺詞、故事、角色等五花八門的技巧都會混在一起。一項技巧使用一張卡片，事後即可進行分類，將同類別的卡片整理在一起；這時各項技巧間會產生連結，加速大腦吸收的速度，例如「這部電影的這個場景，使用的技巧和那部電影那一幕相同。」

這種卡片該寫幾張才夠呢？其實沒有特定標準，不過我當時決定累積到一千張卡片就開始分類。我花了一年左右累積到一千張卡片，再把這些卡片分成「臺詞」、「角色」、「故事」、「結構」、「小道具」等類別各自歸檔。之後我仍然持續製作卡片，到最後大約累積了一千數百張卡片，這份檔案就

成了我的「精彩劇本撰寫祕笈」。

也許有人會想，「好想影印那份檔案！」但這麼做就沒有意義了，就好比影印別人的英文單字卡，也不會讓你自動把單字背起來，這是相同的道理。製作這些卡片，實質上是把內容記憶到腦中的工程，所以只是翻閱別人做好的檔案沒有效果。事實上，卡片整理歸檔之後我幾乎沒再翻閱過它，因為內容已經全部記在腦袋裡了。

也許你覺得「要花一年以上的時間，還要寫一千張卡片，好困難哦……」但只要養成習慣便能辦到。一年一千張卡片，換算下來一天差不多寫三張卡片即可，看一部精彩的電影，一口氣就能累積十幾、二十張卡片的技巧。

我原本是三分鐘熱度的人，從來無法養成寫日記之類的習慣，只有這件事能夠持之以恆，想必是因為我樂在其中，再加上成為編劇的動機夠強烈使然。這個練習方法不是從別人那裡學來的，只是我自己想出來的，不過這項分析作業確實是我後來成功當上專業編劇的重要因素。

重要的是，電影分析必須累積一定數量才能發揮效果。分析數不足的階段，學到的只有個別知識，例如「這部電影的這一幕用了某某處理技巧，成功造成某某效果。」不過，輸入的技巧累積到一定數量，便能領悟「精彩的劇本是怎麼一回事」，累積下來的知識會逐漸整合為一種能力。我也不清楚這是什麼道理，只能說是一種經驗法則。

　　附帶一提，我的一千多張卡片不只是分析經典電影的結果，新作電影、電視劇，甚至連小說、落語的分析也包含其中，學習對象不必侷限於經典電影。

　　即使如此，我仍然認為最好能將經典電影當作主要觀摩對象，因為「經典」是從數萬部作品中勝出的名作，它吸引、感動了無數人，必有其值得學習之處。要以最有效率的方法學習編劇，經典電影仍然是最適合的教材。如果認為「我的目標是成為電視劇編劇，古早年代的老片跟我沒關係。」那可就大錯特錯了。為了在三年的有限時間內提升實力，我建議各位優先觀賞經典電影。

NOTE

分析電影，同時學習故事編寫與架構

前一小節提到的方法，主要學習的是把個別場面寫得更有趣的技巧，而非電影整體的結構。要學習如何編寫饒富趣味的故事、擬出巧妙的架構，還須透過其他方法練習。

學習故事與架構時，希望各位先理解一個重點：如前文所述，戲劇是存在於「時間」當中的表現形態。不論電影或電視劇皆然，DVD、藍光光碟等只是儲存影片的媒介，盯著 DVD 盤面看再久都不算是「欣賞」一部作品，必須在銀幕、電視上播放（舞臺劇則是觀賞演出），花費一定時間，從作品的開頭看到結尾，才能說是「欣賞」過這部作品。音樂及舞蹈也具有相同特質，相對來說，繪畫、雕刻、攝影等則是與時間流動無關的表現形態。

然而棘手之處在於，戲劇的前身是劇本。戲劇透過時間表現，劇本卻是以文字書寫的原稿；戲劇原本該以「幾分鐘」的時長衡量，卻為了方便起見，以「幾張稿紙」的形式呈現。這就好比房子與設計圖的關係，蓋房子必須要有設計圖，但設計圖只是一張紙，人無法「住」在裡頭（對照之下，小說的情況則大不相同：讀者直接閱讀小說家書寫的文字，表現行為就此完成，這是小說與劇本之間的根本差異）。

對於編劇學習者來說，這一點也許不容易掌握。專業編劇寫出來的劇本會被拍成影像，日常中時時看到這個過程，自然會感受到自己的戲劇存在於時間之中，最後視之爲理所當然。但出道前的編劇缺乏這種經驗，因此難以意識到寫在紙上的劇本終將成爲「透過時間表現」的戲劇，必須透過練習努力掌握這一點。

有了這個前提，接下來要告訴大家如何透過分析電影，學習故事編寫與架構。先從看著電影、寫出「架構表」這項單純的工作開始：一邊播放 DVD，一邊列出電影中出現什麼樣的場面、以什麼順序出現，亦即寫出電影的「分場大綱」（簡單列出每一幕地點、登場人物、故事進展的大綱，一般是在書寫劇本之前，用來擬出架構使用。日文稱之爲「箱書」〔ハコ書き〕，由於從前每一幕大綱分別以方框框起來而得名；我們現在要從已經完成的作品反過來列出大綱，所以又稱爲「逆箱」〔逆バコ〕）。

必須注意的是，不可在首次觀賞該作品時進行這項練習。首先請以一般觀眾的角度欣賞一次，你自己看了這部電影有什麼感覺？覺得哪些段落特別精彩？哪一段最感動你？這些「一般觀眾的感受」不可或缺，千萬別一開始就進入用功模式。

進行架構表練習的另一個要點，則是須以能夠一覽電影全體架構的方式撰寫。假如分成好幾頁寫在筆記本上，那就得翻頁才能檢視整體架構，較難感受時間的流動。建議把二、三張紙貼在一起，製成長條狀的架構表用紙。

　　每一幕以一行字扼要寫出「某某地點，某人做某事」，二、三張紙貼在一起，差不多能容納二小時長的電影架構。像追趕場面等短場景連續出現處，若逐一列出每個場景，容易使行數過多，不妨以一行「追趕場面」示意就好。還有，建議在電影開場後十分鐘、二十分鐘處，每十分鐘做一個記號，更容易掌握時間流動。

NOTE

看出架構了，然後呢？

　　完成了一部電影的架構表，我們該從這張表解讀什麼訊息呢？首先，請仔細瀏覽這張架構表，然後逐一確認以下事項：「主角是誰？從哪裡開始登場？」「第二重要的人物是誰？從哪裡開始登場？」「主角的故事從哪裡正式開始？是什麼樣的故事？」「故事從哪裡開始發生重大轉變？」「主角為了什麼事情困擾、掙扎？這些事在哪一段發生，又是怎麼發生的？」「反過來說，令人鬆一口氣、主角感到喜悅的事在哪一段發生？」「故事高潮出現在哪裡？主角面臨什麼處境？如何克服？」諸如此類。再進一步分析，若將這部電影分為「起承轉合」四個部分，到哪一段為止是「起」、哪一段是「承」？若分為「三幕」，該如何切割？請你一邊留意時間的流動，一邊思考上述問題。此外，也可以額外製作登場人物的關係圖。

　　這項練習就像小朋友把機器解體、觀察內部構造一樣：不太在乎最後是否會領悟什麼大道理，只是想看看裡頭長什麼樣子。從各種角度嘗試這項練習的過程中，哎呀好神奇，一回神突然對戲劇結構瞭若指掌，馬上就能自由自在編寫故事……才怪，當然沒有這種好事。這項練習只會讓你明白，「這部電影的架構確實是這樣沒錯。然後呢？」

　　首先只要保持這種狀態就好，畢竟這項練習的主要目的，正是「掌握」一部電影的故事架構。下一項練習的目的，則是確認自己是否確實掌握了故事架構。請思考以下兩個問題，將答案寫在紙上：「如何在三行以內說完這個故事？」「如何用十至十五項左右的條列式寫完這個故事？」

　　用三行字表達一個故事，看似簡單，實則不然。想要澈底消去多餘的部分、不使用抽象詞藻、具體表達故事核心，非得完整掌握故事本質才能辦到。假如完整掌握了故事架構，即使不重看原本的電影和架構表，也能快速以三行或條列式寫出這個故事。

　　吉卜力的鈴木敏夫先生曾在訪談中提到，「看完一部電影，應該寫下你看了什麼樣的故事，而不是觀後感。」這也是同樣道理。

　　經過這種練習，最後便能掌握該作品的故事架構。也許你聽了感到疑惑，「掌握了故事架構又如何呢？」不過，目前先達到這種狀態就好，接下來盡可能接觸各式各樣的電影，重複這個練習過程。為了多加練習，自然必須多看電影，這項練習也一樣需要累積一定數量才能達到效果。

　　累積多次練習之後，便能在潛移默化中領悟故事的定義與架構。故事有所謂的「套路」，依照我的經驗，這些套路難以透過知識、資料吸收。因此，我們的目標不是以理論解析故事，而是自然心領神會：「這一段發生了這些事，所以接下來的情節會是……，一般都是這樣吧？」透過反覆練習，便能逐漸進入這種狀態。

「掌握」的重要性

　　前文提到，製作電影架構表的主要目的是「掌握」故事結構。掌握，指的是確實捕捉眼前所見的事物，而不是發掘背後隱藏的概念（發掘也無妨，不過掌握表面上看見的故事才是當務之急）。「將事物輸進大腦」這件事也可以用「理解」、「認識」、「記憶」等詞彙表達，不過我認為「掌握」一詞最能貼切形容分析電影、把結果輸入大腦的過程，帶有一種確實捕捉、轉化為自己的知識的印象。「只不過是掌握表面上看到的故事，這不是輕而易舉嗎？」也許你會這麼想，不過這件事的難度可是出人意料。

　　我常要求編劇教室的學生「用三行說出自己寫的故事」，幾乎沒有人能用三行好好表達，大部分的人苦思許久，最後還是說不出重點。而且，請大家「用條列式表達自己寫好的故事」，所有人都得看著自己寫好的稿子才寫得出來。連自己撰寫的故事都不一定能全盤掌握，別人拍的電影就更不用說了，熟練之前很難只看一、二次便掌握故事架構。

　　以《E.T.外星人》（1982 年，史蒂芬・史匹柏導演）為例思考看看。簡單來說，這部電影的故事是：「主角是位小男孩，名叫埃利奧特，他遇上被留在地球的外星人，和他成為朋友，卻發現外星人想回家，於是想辦法把他送回宇宙。」重點

在於埃利奧特主動採取行動，把 E.T. 送回宇宙；若只是「和外星人交了朋友，但外星人說他該回家了，無奈之下兩人只好分別」的故事，是否還會成爲歷久不衰的經典電影呢？所謂「掌握」故事，指的正是認清這類本質。

此外，以三行描述故事內容時，切記以具體的方式表達。電影想描寫的抽象主題，並不等同於具體故事。看了《E.T. 外星人》，以「小男孩與外星人之間培養出美好的友誼，進而成長」的方式認識這部作品，無法培養撰寫劇本的能力；這類抽象主題通常是輔助性質，僅用來確認作品的方向性。

NOTE

了解「弦外之音」的概念

　　「弦外之音」（charade）這個用語出自新井一的《劇本寫作基礎技術》（シナリオの基礎技術，暫譯），原本意指比手畫腳猜字謎的遊戲（奧黛莉・赫本主演的電影《謎中謎》〔Charade〕，標題應是採用這個語意），在本書中，則是「不採用言語，假借其他手法表達」的意思，作者以這個詞代指「以影像表現，不依賴言語說明」的所有手法。但是這個詞彙並不普及，我長年擔任編劇，從沒聽過製作人或其他編劇使用「弦外之音」這個詞。

　　但我認為這個用語值得發揚光大，有時候一個詞彙普及之後，它代表的概念也會更廣為人知。例如性騷擾行為在「性騷擾」這個詞出現前早已存在，但是「性騷擾」一詞普及後，更多人了解這個觀念，也會指正別人「你這種行為是性騷擾」。以這層意義來說，更多戲劇相關從業人員、學習編劇的人了解「弦外之音」和它代表的意義，也不是件壞事。

　　例如《羅馬假期》電影剛開始的一幕，宴會當中，公主安妮在裙子底下偷偷脫下一隻鞋子抓癢。這段描寫表現了公主心中對王室生活的厭煩，不只是單純的笑料，而是表達一種「弦外之音」。編劇若讓公主自言自語地說：「啊，真無聊！」這就只是說明性質的臺詞；但是藉由這一幕抓癢的描寫，不僅帶

來幽默、趣味的效果，同時也使觀眾下意識感受到公主的心境，更容易進入作品世界當中。

也可以稱之為「以影像表現人物心境的技巧」，不過改說「這裡有個弦外之音」，更容易引起注意：「還有哪些地方用了弦外之音？」「我該怎麼在自己的作品裡運用弦外之音？」相較之下，更容易著手進行相關練習。

還有，前文雖然提到「不依賴言語說明」，但我認為言語上的弦外之音也是存在的。例如《第六感生死戀》當中，主角韋森聽見戀人莫莉對他說「我愛你」，卻只回答「我也是」，這句話影射出他害羞、對幸福感到膽怯的心境，不是因為嫌麻煩才這樣回答。一句話除了字面上的意義之外，還帶有其他意涵，我認為這種例子也可以稱為「弦外之音」。

不論如何，能否有效運用弦外之音會大幅左右劇本的精彩程度，這一點無庸置疑。可以說目前為止提到的電影分析，大部分都是「找出哪一段用了哪些弦外之音」的練習。

NOTE

電影分析實例一：《第六感生死戀》

　　以下將舉出幾個分析電影的實例。不過，以下內容只是分析結果的一小部分（要是全部寫出來，恐怕多達可以成書的篇幅），各位不妨當作分析、思考過程的範例來閱讀。

　　首先從《第六感生死戀》開始。

　　這部電影於 1990 年上映，由傑瑞‧蘇克導演，派屈克‧史威茲、黛咪‧摩爾主演。本作是非常引人入勝的娛樂作品，運用大量技巧創作出精彩好看的故事，是最適合分析的學習教材。

　　先從「掌握故事」開始分析。

　　看完這部電影留下的印象，以描寫男女主角之間的浪漫愛情為重；但是仔細檢視，便會發現故事遵從「警探劇」的套路：「發生殺人事件，主角一路釐清真相，最後打敗犯人、阻止陰謀。」一般的警探劇以刑警或偵探為主角，擔起解決事件的重責大任；但在這部電影當中，遭人殺害的受害者變成幽靈，負責扮演尋找真相的角色，這正是本作的獨到之處。接著再以愛情羅曼史的要素包裝這個故事，成功給予觀眾浪漫電影的印象，而非殺氣騰騰的警探劇。

　　為了讓故事更精彩，必須有效運用「阻礙」（令登場人物困擾的事），而《第六感生死戀》運用阻礙的手法十分巧妙。主角韋森成了幽靈，活人沒有注意到他的存在，以至於他即使有重要訊息要告訴別人，也苦無手段。再加上幽靈會穿過物體，因此也無法引發物理上的作用。故事就在韋森克服這些阻礙的過程中推進。靈媒奧德美是韋森唯一能取得接觸的人，他拜託奧德美幫助他與戀人莫莉溝通，但莫莉卻遲遲不信任奧德美；好不容易取得莫莉的信任之後，莫莉又看見奧德美的犯罪紀錄，以致先前累積的信用功虧一簣，阻礙接二連三向韋森襲來。另外，深受主角倚賴的奧德美、告訴韋森如何碰觸物品的地鐵幽靈，都不單是古道熱腸的好心人，兩人原本都想拒絕韋森；這一點除了為角色增添趣味之外，在故事上也發揮「阻礙」的效用。

　　主角的戀人莫莉被塑造成非常「沒骨氣」的角色，性格被動，戀人韋森死後，她只顧傷心消沉，最後還在韋森的朋友卡爾追求之下被他親吻。但莫莉若不是如此被動的角色，反而積極採取行動，那變成幽靈的主角韋森就沒戲份了。由此可知，為了讓韋森克服身為幽靈的各種阻礙、在故事中大顯身手，將莫莉設定為這麼被動的女生是有必要的。

　　以前，在推特上追蹤我的讀者問過一個問題：《第六感生死戀》的結尾，韋森對莫莉說「我愛妳」，為什麼莫莉只回答「我也是」？難得韋森都這麼說了，莫莉也回答「我愛你」不是更好嗎？當時我看到這一段確實也曾經存疑，這樣回答真的好嗎？不過仔細想想，又覺得這是最好的答案。韋森還活著的

時候，無法開口對莫莉說「我愛妳」，只回答「我也是」，但
這不是因為他不愛她，而是害羞又對幸福卻步的心情，使得韋
森無法坦率表露心意。韋森死後成了幽靈，仍然為了保護莫莉
而奮戰，最後莫莉也得知韋森一直守護著自己；這時莫莉明
白，雖然韋森嘴上只說「我也是」，心裡仍然深愛著她。此時
對他們兩人而言，「我也是」成了比「我愛你」更深厚的愛情
告白，莫莉最後回答的這句「我也是」，反而展現了更濃烈的
愛。

NOTE

電影分析實例二：《羅馬假期》

　　《羅馬假期》為1953年威廉‧惠勒導演之作。簡而言之，這部電影的故事架構便是主角布萊德利：(1)帶公主參觀羅馬，背地裡偷偷拍下公主出遊的照片來賣錢；(2)他在過程中逐漸愛上公主，雖然成功拍下照片，卻決定不將照片外流。第(1)項是欺騙公主的行為，是倫理上的「壞事」；對照之下，第(2)項對公主的愛則是「好事」。主角一開始在欲望驅使下做出壞事，但他對公主的愛終於凌駕欲望，最後將做壞事得來的照片束之高閣。

　　世上電影多得數不清，為什麼《羅馬假期》會成為長年受人喜愛的名作？當然，奧黛莉‧赫本的魅力、羅馬城的魅力、導演威廉‧惠勒的巧妙手法等都是重要因素，不過我們在此針對劇本的要素思考看看。

　　我很喜歡這部電影，總共大概看了二十次。先前，我雖然了解前述的故事架構，但總覺得光是這樣還無法完全揭露這部電影的魅力。有一天，我注意到一個重點：為錢偷拍公主的照片確實是「壞事」，但布萊德利和攝影師歐文聯手執行計畫的時候，觀眾產生了什麼感受？例如其中一幕，布萊德利和公主共乘一輛機車，伸手指向一旁引開公主的視線，前方開車的歐文趁隙放開方向盤，回頭拍下公主的照片。觀眾看到這裡，是

否心生反感，暗自怒斥「怎麼可以做這種事」呢？事實並非如此，在電影院當中，這是廳內紛紛響起笑聲的一幕，觀眾看到這裡，反而想為布萊德利和歐文加油。為什麼他們做的明明是壞事，卻能博得觀眾支持？

原因可不只是這種行為帶有幽默色彩。對公主而言，在羅馬城中散心是她片刻的幸福時光，以照片記錄她開懷玩樂的模樣，其實也可以看成一種愛的表現。公主翻看布萊德利和歐文沖洗出來的照片時，從她臉上幸福的表情也能明顯看出這一點。壞事看起來不壞，反而充滿溫暖的愛，引發觀眾支持的心情；這敘述乍看之下充滿矛盾，《羅馬假期》卻成功實現這種效果，這也許正是本作的核心魅力之一。

其他也有不少電影主角做出倫理上的「壞事」。例如《窈窕淑男》當中，達斯汀‧霍夫曼飾演的男主角男扮女裝，一躍成為當紅女演員，其實是欺騙大眾的詐欺行為；但在本片當中，觀眾也不會心生譴責之意，反而樂在男主角的謊言之中，忍不住希望他別露出馬腳。在《羅馬假期》當中，不僅片中的「壞事」帶有不一樣的樂趣，愛情故事又為這部電影添上歡快色彩。

前文提過，這部電影我反覆看了許多次，但直到最近才能以言語表達這一點。即使無法以言語表達，只是隱約感受到它的魅力，經典電影的影響多少還是會出現在自己的作品當中；但是透過語言表達，澈底「掌握」故事特色，才更能將之轉化為自己的創作養分。

電影分析實例三：《北非諜影》與《黑獄亡魂》

　　接下來嘗試比較兩部電影。《北非諜影》是 1942 年麥可・寇蒂斯導演的作品，《黑獄亡魂》則是 1949 年的電影，由卡洛・李執導。這兩部片都帶有懸疑色彩，而且都刻劃男女之間的三角關係。先從簡單整理故事劇情開始。

　　《北非諜影》以第二次世界大戰為背景，男主角里克在摩洛哥的卡薩布蘭卡經營一家酒館。當時卡薩布蘭卡是歐洲逃往美國的中介地點，須有通行證才能搭上往美國的飛機。里克的昔日戀人伊麗莎，與丈夫拉茲羅攜手來到此地。拉茲羅是反抗軍的鬥士，在納粹追捕下逃亡到卡薩布蘭卡，而里克手上握有他們需要的通行證，等於掌握著兩人的命運。里克可以選擇把拉茲羅交到納粹手中，和伊麗莎一同前往美國；但他最後選擇把通行證交給伊麗莎和拉茲羅，讓他們搭上飛機。

　　《黑獄亡魂》的主角馬丁斯，為了與友人萊姆見面，來到戰爭剛平息的維也納，卻發現萊姆已經死於車禍。馬丁斯結識了萊姆的女朋友安娜，對她抱有好感。隨著案情愈發明朗，馬丁斯發現萊姆其實還活著，而且還是犯罪的惡徒。英國軍方的凱勒威少校請求馬丁斯協助逮捕萊姆，而馬丁斯為了幫助偽造護照被捕的安娜重獲自由，決定與少校合作，最後親手開槍殺死萊姆。安娜不諒解馬丁斯出賣萊姆，頭也不回地離去。

　　比較這兩部電影，會發現共通點是男主角都愛著女主角，卻選擇正好相反的行動。《北非諜影》中，里克幫助伊麗莎和拉茲羅搭上飛機逃亡；《黑獄亡魂》的馬丁斯，則是為了讓安娜獲釋，明知道安娜會恨他，仍然選擇出賣萊姆。兩位男主角都為愛選擇自我犧牲，整部電影也在此迎來故事高潮，令觀眾動容。

　　還有一項共通點，那就是兩位男主角最後的行動，除了幫助女主角之外，同時也是正義之舉（里克反抗納粹，馬丁斯終結了萊姆的犯罪行為）。這一點也增加了觀眾對主角的共鳴，是強化觀眾感動之情的一大要因。

　　另外，兩部電影的故事背景分別是卡薩布蘭卡與維也納，受到戰爭影響，這兩個城市處境特殊，各方人馬的利害關係錯綜複雜。這也是兩部電影的共通之處，增添了故事深度與可看性。

　　像這樣比較幾部電影、尋找共通點，便會注意到：「原來如此，人在這種時候容易受到感動！」更容易看出重要技巧和知識，這也是比較電影的好處之一。

NOTE

塑造劇中人物需要做什麼功課？

接下來敘述塑造角色需要的準備。前文介紹的分析電影練習，也一樣可以學到塑造人物的技巧。《第六感生死戀》的奧德美、《黑獄亡魂》的哈利‧萊姆等都是耐人尋味、富有魅力的角色，分析這些人物哪裡有趣、爲什麼有趣，會是非常有效的練習。

要寫出有意思的人物還有個好辦法，那就是在日常生活中進行「人群觀察」。

編劇教室的學生常問我：「我不太會塑造劇中人物的性格，該怎麼練習才好？」每次聽到這個問題，我總覺得有點不可思議。如果目標是寫出「留名青史的迷人角色」、「引起廣大共鳴的角色」，那確實不簡單；但只是寫出一個人物該有的特徵、個性，應該不會太難才對。

但凡活在世上，我們便會認識、接觸到無數的人。每個人的個性、特徵各不相同，因此塑造登場人物時，只要回想起各式各樣與自己來往過的人，自然就能塑造出人物個性了，不是嗎？

假如你說：「不，我就是覺得這點很困難。」那是不是平常觀察人群的眼光出了什麼問題呢？世上存在年齡、職業、立場、性格、思考方式各異的人，社會上發生的所有事情，不論

好壞，說穿了都是人格特質彼此衝撞之下引起的。你有沒有仔細觀察、澈底思考過這些事？

每個人都有自己感興趣的領域。例如我喜歡戰車，所以每當戰爭片裡出現戰車，總是立刻吸引我的目光，而且我還會邊看邊自言自語：「這是某某戰車，出現在這裡太不合理了！」不過要是換成對戰車沒興趣的人，片中出現哪一種戰車根本無關緊要，所有戰車看起來都差不多。

反過來說，我對時尚穿搭沒有興趣，所以從來不會注意別人的服裝。但是換作是對衣著有興趣的人，必然會注意衣料、顏色、搭配的不同等等。

不論在什麼領域都一樣，正因為我們對某件事物感興趣，才會與人熱烈討論、蒐集相關情報，也越來越了解該領域的事物，隨之注意到更入微、更深奧的細節。

寫劇本的人，必須要對「人類」有興趣；應該說，正是因為對人感興趣，所以編劇才想要撰寫劇本。說自己「對人沒有興趣，但是想當編劇」的人，等於是在說「我不想碰球，但是想成為足球選手」，還是尋找其他有興趣的領域比較妥當。實際上，在編劇教室也有學生嚮往「編劇」這個行業，但是等到真正提筆寫劇本的時候，卻暴露出自己對人沒什麼興趣。

如果你說：「不是的，我對人很感興趣，所以才想寫劇本，但角色性格就是寫不好。」這種情況感覺像是某個地方碰上瓶頸了。到底是哪裡出了問題？

　　要成功塑造人物性格，必須隨時隨地抱持興味觀察他人，注意每個人的個性差異，仔細思考：「那個人爲什麼會這麼做？」這種觀察與喜歡、討厭對方等感情無關，反而越是惹自己討厭的人、合不來的人，越需要仔細觀察。

　　深入觀察，便會發現人心並不單純。例如人必有表裡兩面，表面上的行爲有時會違背眞心；有時根據對象不同，也會表現出不同態度、說不同的話，也有一些下意識的言行，連自己都沒注意到。另外，對某人無關痛癢的小事，對另一個人來說卻可能無法原諒。複雜難解的人心互相牽扯之下，世上各式各樣的事也隨之發生。

　　還有一件重要的事：你最熟悉的人正是「自己」，自己是最容易觀察的對象。你最清楚自己有過哪些人生歷練，也知道自己每分每秒的感受。自己是什麼樣的人、有哪些感覺、心裡怎麼想？自己有什麼個性，爲什麼成了這樣的人，和其他人又有哪些不同之處？這些都是重要的問題，必須仔細思考。

　　此外，只要對人有興趣，自然會想閱讀相關書籍。我個人對榮格心理學十分感興趣，讀了不少相關書籍，對我理解人心、撰寫劇本都非常有幫助（後文將有一節專門討論心理學）。

　　學習塑造人物性格，最重要的並非知識或技巧，而是更基本的階段：日常生活中，你對自己和他人抱持多少興趣、累積了多少觀察和思考？這才是首要關鍵。

練習塑造人物性格

　　「要學編劇，平時的『人群觀察』不可或缺。」這已是老生常談，想必任誰聽了都覺得理所當然。但是具體而言，該如何觀察？在心裡告訴自己「好，我要開始觀察囉！」就有辦法觀察嗎？在這一節當中，我會與各位分享自己觀察人群的思考方式，不過這並不是唯一的觀察方法。每個人各有不同的切入點，找出自己獨有的方法也很好。

　　練習觀察之前，有件事必須先了解，那就是：人類的大腦機制會過濾掉大部分的資訊。比方說，走在每天都會經過的路上，看見一棟建築物被拆除，留下一片空地，我們有時候會想不起來：「咦？這邊之前是蓋了什麼房子？」這並不是遺忘了原本知道的訊息，而是明明經過了無數次，那棟建築確實映入眼簾，我們卻沒有好好「看進去」。有本書曾提到，必須花上好幾十年，才能把一秒內人眼接收到的所有情報都處理完。處理所有資訊會超出大腦負荷，因此大腦只擷取必要情報，自動忽視剩餘的資訊。在沒有特別意識到的情況下，我們會自動忽略世上大部分的情報，甚至不知道它的存在。

　　此外，人對事物各有自己的一套見解，也可能擅自做出詮釋。人類這種生物，一不注意就會忽略眼前的事實，難得注意到某些資訊，又會擅自解讀，這點最好先有心理準備。

反過來說，若能儘量多注意到一些事物而不加以過濾，針對接收到的資訊不擅加解讀，盡可能貼近真相……能做到一定程度，便算是確實完成觀察了。

具體練習方法也不難。不論在睡前，或是任何想到這件事的時候都好，請回想今天一整天（或是近幾天）生活當中，與人互動、觀察他人言行的時候，有沒有哪些地方讓你覺得有趣、恍然大悟，或是有點無法釋懷？

如果你覺得「都沒有」，那恐怕不是真的沒有，而是被忽略掉了。如果成天待在家、沒有接觸人群，那還情有可原；但一般在職場、學校必定與人有所接觸，若不是一個人住，在家中也會與家人互動。即使沒有與人互動，在電車上、咖啡廳內，陌生人的一舉一動自然也會映入眼簾。這種狀況下，不太可能連一件勾起你興趣的事也沒有。請仔細回想，一定有幾句話讓你覺得「他那句話真有趣」、「爲什麼她會說那種話？」或是「那件事讓我看見這個人不爲人知的一面」。回想起來之後，再針對這件事深入思考。例如假設你覺得某人的行爲很有趣，不妨進一步想想：是什麼地方有趣？爲什麼有趣？假如某人的行爲使你困惑不解，那就思考看看背後的原因。

即使猜測「她之所以說出那種話，應該是因爲……」，我們也無從得知正確答案；但我認爲這項練習的意義不在於答案正確與否，而在於回想、思考的過程。反覆進行這種練習，久而久之便能養成不隨便忽略事物、細心觀察的習慣，訓練出深入洞察人心的能力。

　　說到底，這其實和廣泛觀賞電影、累積分析結果的練習方法非常類似。編劇練習沒有完整答案，並不是「只要具備哪些知識就沒問題」，反而透過日常生活中零碎的思考累積，才能帶來成果。

　　人群觀察沒有明確的終點，沒有「對人心無所不知」的一天，即使是知名的專業編劇，也不可能說自己「對人性瞭若指掌」。事實正好相反，編劇經驗越豐富，越容易坦承自己對人性的理解仍只是冰山一角。然而，要以職業編劇的身分在業界存活，對人性的掌握確實有個門檻，必須對人有一定程度的了解才行。

　　此外，如前文所述，觀察對象不限於他人，「自己」也包含在內。自己此時此刻的思考、感受，比他人的內心更一目瞭然（不過實際上，我們也常在無意間忽略自己的感受就是了）。「這件事給我這種感覺，是因為我是怎樣的人，和其他人有哪些不同。」這個思考過程，也是人群觀察重要的一環。

NOTE

接觸心理學知識

　　要描寫人性，當然對人了解越深刻越好。了解人心的方法之一，便是前文提過的人群觀察：仔細觀察周遭的人，並從不同面向思考觀察結果。另一個了解人心的有效方法是接觸心理學知識。戲劇描寫的是人的內心，學習心理學必能派上用場。

　　我大學念的是文學院，除了主修的文學課程之外，心理學也是必修科目之一，因此修習過一段時間，心理學相關知識對我撰寫劇本確實有不少幫助。也許你會覺得「心理學聽起來好艱澀」，但不一定要把它當作一門學問、有系統地學習，也可以閱讀心理學教授為一般大眾撰寫的科普文章。這類書籍當中，我最推薦河合隼雄的作品《心的處方箋》（こころの処方箋，新潮社出版。中譯本由天下雜誌出版）。本書用語平易近人、簡明易懂，讀完便會明白人類的心靈有多深奧，我們對人心的理解又是多麼有限。

　　專業編劇都學過心理學嗎？我想答案是否定的。一定有人採用前一節提到的方式，在日常生活中仔細觀察周遭的人、多方思考，在這個過程中訓練出洞察力、逐漸了解人性。只是如果要在短短的一至三年內了解人心、培養洞察力，那麼直接涉足心理學的世界，反而可說是一條捷徑。

　　更進一步來說，閱讀不必侷限於心理學書籍，廣泛閱讀各類書籍也是學習編劇必須的功課，同時也是增進實力的好方法。讀書的好處，一是如前文所述，能培養對人性與社會更深刻的理解；另一項好處，則是有效培養客觀的眼光。讀書，意味著接觸與自己截然不同的人生、立場、思考與感受。例如讀到和自己完全相反的想法，我們會思考：作者為什麼會產生這種想法？他的想法和我的想法，究竟孰對孰錯？重複這種思考過程，漸漸就能客觀審視自我。此外，讀書也能培養思考能力，看見世上各種現象時，我們會反思：「表面上看起來是這樣，但實際上是……」「這個看法沒有錯，不過換個立場，也可能產生某某觀點。」反覆累積這些訓練，有助於撰寫劇本時更深入描寫人性。此外，多閱讀也能訓練客觀審視自己作品的能力，因此不論小說、散文、實用書，盡可能多方閱讀各類書籍是最好不過了。

NOTE

第三章

把「輸入」資
料化爲「產
出」成果

如何建構故事

　　廣泛觀賞電影、積極進行各種分析，平時也不忘仔細觀察周遭人群──到了這個狀態，算是開始進入「第二階段」了，不妨實際提筆創作，確認看看自己練習的成果。

　　當然，在前文提到的初學階段，也可以同時練習撰寫劇本。假如已經來到第一階段，往第二階段的路卻走得跌跌撞撞，實際體驗到提升實力的困難，反而更能體會上述練習方法的效果也不一定。

　　構思一齣戲的時候，大致上是從「故事」、「人物」、「主題」、「題材」四大要素著手思考。舞臺設定、時代背景、作品風格等等也是必須考量的面向，不過為了避免說得太過複雜，在此將上述幾點歸類為「故事」底下包含的元素。

　　學生常問我，該從哪一項要素開始思考呢？「想出了某個故事」、「想寫某某人物當主角的戲」、「對某個題材感興趣」、「想探討某個主題」……各式各樣的點子都可以作為構思起點。構思故事的過程可以圖 B 表示，不論握著哪一個把手，都一樣能轉動「戲劇」這個輪子。半路改握另一個把手也無妨，不妨多換幾次把手，逐漸深入構思。假如靈光一閃，想到了某個故事，接下來可以多換幾個角度思考：「主角該是什麼樣的人？」「主角個性如此，應該會從事某某職業，那故事

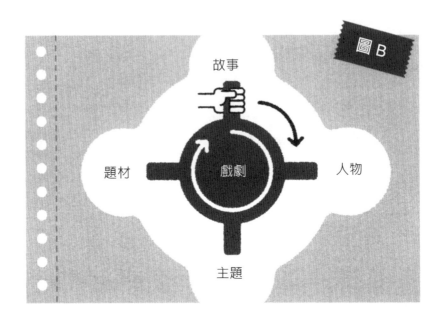

故事

題材　　戲劇　　人物

主題

圖B

走向就要修改一下了。」編劇就像這樣一邊交換把手，一邊轉動輪子。

先來談談如何構思故事。

在編劇教室教初學者寫劇本時，最頭痛的就是說明「何謂故事」。專業編劇每天都為了構思「精彩故事」傷透腦筋，不過如果要求我們「隨便想個故事」，那真是信手拈來，故事要多少就有多少。對編劇來說，構思故事幾乎在下意識中完成，因此突然要說明「何謂故事、如何構思」的時候，難免一下子愣在當場：「對哦，故事的定義是什麼？」

即使是編劇初學者，要寫出「近似」故事的東西也不難，

也就是「將一系列具因果關係的事件按照時間順序排列」。有些人寫出這種狀態的作品，便以爲自己完成了一個故事，要向他們說明故事的定義，可眞是勞心傷神的苦差事。構思故事的時候，任誰都想「寫出精彩故事」；但是初學者眼前還擋著另一個難關，那就是寫出「稱得上『故事』的作品」，而非單純把事件排列在一起。克服這個難關，可說是從「第一階段」進步到「第二階段」的一大門檻。

　　一部戲的故事要成立，有哪些必要元素？大致可舉出以下幾項：有一個特定主軸、有主角、主角有目標、主角採取行動、故事具備對立與糾葛。套用警探劇來說明更加一目瞭然：警探劇的主角自然是刑警，某天事件發生，主角的目標便是解決事件（找出犯人、逮捕犯人）。爲了達成目標，主角展開「搜查」行動，但達成目標卻沒有那麼簡單。案情撲朔迷離（或是知道犯人身分，卻無法掌握行蹤），主角陷入窘境；警方內部搜查方針產生對立，媒體輿論紛紛批判警方辦事不力等等，這就是「對立與糾葛」。簡而言之，對立、糾葛就是主角與眼前「阻礙」的搏鬥，再說得更簡單一點，就是「困擾主角的事情」。主角克服這些阻礙的過程精彩可期，吸引觀眾繼續看下去；最後主角解決事件、達成目標，觀眾也跟著鬆一口氣，帶來「陶冶、滿足」的效果。

　　初學者寫出來的作品，大部分都有個通病：主角雖然碰上某個問題，不過在本人稍加努力、周遭人們協助之下，不消多少功夫，問題就迎刃而解。究其原因，應是作者本人不了解戲劇必須要有「對立與糾葛」使然。

　　只要知道故事必須具備哪些元素，就能寫出真正的故事了嗎？很可惜，也沒有那麼簡單。即使有了這些知識，構思出來的作品在專業編劇眼中往往還是稱不上「故事」。

　　舉個例子：「主角身負重要職務，卻染上重感冒，他不顧周遭反對，硬是拖著病體工作，最後終於完成分內業務才前往醫院（例A）。」這一連串事件雖然具備前文提過的故事元素，卻稱不上是故事，仍然只是排列在一起的事件。

　　那麼「例A」該如何加工，才能成為故事呢？比方說，「主角在勉強工作之下病倒，沒想到卻獲得不敢高攀的社長祕書悉心照料。」或是「為了不把感冒傳染給其他同事，主角一個人跑到檔案室工作，卻在那裡意外發現某項資料……」加上這些情節，例A就更接近故事了（至於精彩程度則另當別論）。這麼說來，勾起觀眾「接下來會發生什麼事」的好奇心，也是故事必須具備的要素嗎？

　　但是寫到這裡，我又想起小津安二郎導演的《晚春》。這部電影的開頭是：一對父女相依為命，父親雖然希望女兒結婚有個歸宿，但女兒卻遲遲不嫁。電影中沒有讓觀眾好奇「接下來會發生什麼事」的事件，並不會讓人手心冒汗、緊張期待地心想「她究竟有沒有辦法順利結婚」。即使如此，這部電影仍然十分好看。這麼看來，勾起觀眾的好奇心雖是故事的充分條件，卻不是必要條件了。

　　究竟什麼才是故事最重要的條件？左思右想之下，我注意到的要件是「情緒」。舉例來說，假如有個故事的開頭是：

「一名父親為了替遇害的女兒報仇，開始調查案情，揪出殺人兇手。」接下來的劇情想必是描寫父親追蹤兇手的過程，以及最後是否成功報仇雪恨。這個例子不僅滿足前述的故事要件，同時也帶有強烈的情緒，也就是父親的復仇心。《晚春》也一樣，父親沉靜的情緒貫串整部作品：「雖然女兒結了婚，做父親的難免感到寂寞，但爸爸心裡還是希望女兒成親，找到自己的幸福。」果然故事之所以為故事，最重要的條件還是「主角貫串全劇的情緒」囉……不對，等一下……剛才「例A」的主角也有「想把工作完成」的情緒吧？也許例A的問題在於，無論主角有沒有感冒，他「努力工作」的行動都不會受影響。也就是說，要讓「例A」成為一個故事，主角「感冒了仍堅持努力工作」的情緒，就必須導致不同於以往的狀況才行。

　　換言之，除了上述要件之外，故事的最後一個必要條件是：「主角貫串全劇的情緒，必須導致不同以往的狀況與發展。」終於有個像樣的結論了。

　　但是……實際上，即使在編劇教室說明上述條件，學生構思故事的時候仍然不得要領。常見的情況是我實在忍不住了，直接告訴學生：「這邊改成某某情節就比較像故事了吧？」學生回答：「好，那我就這樣改。」結果還是照著我想出來的故事寫。填塞再多「知識」、把故事的定義倒背如流，也無法學會構思故事；這就像前文提到的，「即使再怎麼了解腳踏車構造，知道騎腳踏車的人身體傾斜幾度，也不會因此學會騎腳踏車。」這也都是同樣的道理。

　　那究竟該怎麼練習構思故事呢？還是只有前文談過的方

法，不斷反覆分析電影、「掌握」故事架構，在腦中累積故事實例。兜了一圈，我們最後還是回到這個原點。

我曾經在推特（https://twitter.com/ozakimasaya）上寫過：

> 想訓練編寫故事的功力，最踏實的方法就是多看精彩電影，然後反覆思考，直到有辦法說出「故事情節」為止。重點不在於「描寫深厚友情」這類抽象描述，而是回想具體的故事內容，然後大量重複上述練習。

這是我編劇相關的推文當中，被轉推最多次的一則。說到底，這是訓練故事構思能力最有效的方法。也許你仍然半信半疑：「一直做這種練習，最後腦中累積的只有每一部電影的故事大綱而已吧？」一開始確實如此，不過這些故事累積到一定數量以後，腦中自然會形成迴路，了解「故事」是什麼樣的概念。到了這個程度，被問到「為什麼這一段情節會這樣轉折？」你會反射性回答：「因為故事就是這樣啊？」這就是我們練習的目標。

我在推特上發過另一則推文：

> 有些電影的故事套路類似，例如《羅馬假期》和《E.T. 外星人》：過著尋常日子的主角（布萊德利、埃利奧特），遇上來自不同世界的人（公主、外星人），逐漸培養出感情，但最後仍然彼此分別。也許你看了覺得「那又怎樣？」不過這種思考過程重複幾千次之後，就能自由自在地編寫故事。

反覆進行掌握故事架構的練習，慢慢會注意到「兩部電影的故事有共通之處」，這就代表你發現了故事的「套路」。第

45 頁《北非諜影》與《黑獄亡魂》的比較便是這類練習的例子。重複這些練習，逐漸就能「把故事變成自己的能力」。

　　覺得這種練習很麻煩嗎？但是，萬一沒有掌握「故事」的概念就開始編劇，用蓋房子來比喻，就像不打地基直接開始蓋牆壁一樣。只有四面牆的房子也許不消多久就能蓋好，但是稍微起一點風馬上就被吹垮了，最後又得從頭來過。若要在一至三年內看見成果，紮實累積能力、打好地基反而是一條捷徑。

NOTE

不分「起承轉合」也不分「三幕」，那該怎麼分？

接下來談談故事架構。

劇本架構有「起承轉合」、「三幕」等常見區分方式，許多編劇教學書都會加以著墨。編劇學生想要了解、習得這些基本架構，藉此訓練自己構思劇情的能力，也是理所當然。那麼該如何思考、吸收這些架構方式呢？

曾經有學生問我：「起承轉合分別該寫幾頁？」但我總覺得這問題已經偏離重點了。把完成的作品分為起、承、轉、合四個部分，確實可以計算出頁數，分析大量劇本也可以計算出起、承、轉、合平均各占幾頁，但這麼做沒有太大意義。

「起承轉合該寫幾頁」，本質上和「騎腳踏車的人身體傾斜幾度」是一樣的問題。前文反覆提過這個例子，騎腳踏車的人不會知道身體傾斜幾度，只是想著要往前進，然後踩下踏板而已。即使知道身體傾斜角度，也無法因此學會騎腳踏車。同樣道理，「起承轉合各占幾頁」也不過是統計結果罷了。實際上，編劇學生思考「起承轉合」寫出的作品，絕大多數都只是把劇本「分為四個部分」而已，鮮少讀到起承轉合各自發揮功能的作品。

也有些專業編劇有自己的規則，會留意「起承轉合各占幾頁」、「大約在第幾頁分成三幕」；但他們不是一味按著統計數據寫劇本，而是根據經驗，知道以自己的步調寫下來，最後的頁數差不多就是這個數字。

我從前多方練習編劇，也嘗試過各種寫法，不過現在我寫劇本的時候，幾乎不會思考「起承轉合」和「三幕」等結構區分了。撰寫兩小時長的劇本時，我寫到一半偶爾會思考「該如何把這部戲分成三幕」，以此為尺標，確認劇本結構是否有問題，以便即時修正。能這樣運用三幕結構，也是因為我透過無數次練習掌握了「故事」的性質，它對我來說不是理論與知識，已經成了一種感覺。

如果還沒培養出這種感覺，該怎麼學習編劇呢？我認為不妨從下列的架構開始入門。

不把劇本分成「第一幕」、「第二幕」、「第三幕」，也不分成「起」、「承」、「轉」、「合」，而是分為以下六大要素：「人物介紹」、「狀況設定（故事開端）」、「故事發展」、「劇情升溫」、「高潮」、「結局」。一齣戲當中，這些要素大多以上述順序出現。與其他戲劇架構不同之處在於，每一種要素之間並沒有明確區分，例如第幾頁到第幾頁是「人物介紹」、第幾頁之後是「狀況設定」等等。劇本中有些場面兼具人物介紹、狀況設定的功能，情節也可能一邊發展、一邊升溫。

這種思考方式的優點，在於各項要素的涵義簡單明瞭，初學者擬定架構的時候更容易上手。比方說，「第一幕」、「第二幕」、「第三幕」字面上沒有特定意義，不知道「第一幕」的字面意思，要理解「第一幕」的具體內涵就更顯困難了。相較之下，「起承轉合」四個字雖然各有其代表意義，但還是稍嫌抽象。與上述兩種架構方式相比，「人物介紹」、「狀況設定」不僅字面意義簡單易懂，也容易直觀掌握它們在劇本中的概略位置。例如「人物介紹」和「狀況設定」想必位於整齣戲的開頭，「高潮」接近劇尾，「故事發展」、「劇情升溫」位在中間，「結局」當然是最後了。

換言之，一齣戲的故事是由「登場人物」陷入某個「狀況」而揭開序幕，隨著「故事發展」，劇情逐漸「升溫」，在「高潮」之後迎來「結局」。了解這個架構之後，一邊思考各個要素是否安排妥當、故事是否滿足上述六大要素，一邊將整個故事建構起來。

思考時，必須清楚了解各個要素的涵義。「人物介紹」和「狀況設定」容易理解，不過「故事發展」、「劇情升溫」、「高潮」可就不那麼簡單了。這些詞彙我們都十分熟悉，例如球賽主播也會說「真是出人意料的發展」，每個人聽了這句話都知道是什麼意思。但是「發展」一詞在戲劇中代表什麼意義，就沒那麼容易理解了。編劇老師說「這個故事必須再發展開來」，回答「好，我會發展故事」很簡單，但是你能說明如何「發展故事」嗎？是否能說出有發展的故事與沒發展的故事有何不同？「劇情升溫」和「高潮」也是同樣的道理。

　　要深入了解這些問題，最快的捷徑還是分析經典電影。比方說，製作架構表的時候可以多加思考：「到這邊爲止主要人物都介紹過了。」「這一段是狀況設定，說明接下來要開始的是什麼樣的故事。」「從哪裡開始算是故事高潮？」絞盡腦汁思索這些問題的過程，累積下來都是寶貴的經驗。

NOTE

數位的故事，類比的人物

再提一個理解故事的關鍵：故事帶有「數位」性質。

我們通常要求戲劇須有「一貫性」，如故事的一貫性、人物性格及心理的一貫性、主題一貫性等等。對於學習編劇的學生而言，這點不容易理解，因為「一貫性」雖然重要，我們卻也常要求人物「必須有所變化、成長」。實際上，隨著劇中故事發展，各項要素也會產生各式各樣的轉變。「一貫性」與「變化」，如何看待這兩點比較好呢？

與其使用「一貫性」和「變化」這兩個詞，不如用「數位」和「類比」來形容，更容易理解這個現象。「類比」指的是具有連續性的變化；「數位」即使有變化，也只在「零」和「一」之間切換。在戲劇中，可以說故事帶有「數位」性質，而人物則帶有「類比」性質。

舉個例子：主角遭到詐騙，所有財產都被騙取一空，害得他妻離子散，於是主角決定要逮住這個詐欺犯報仇。在這裡，「主角為了復仇，決心逮捕詐欺犯」就是劇中「數位」的設定。觀眾看到這裡便有了心理準備：「接下來主角會追捕犯人，最後應該會抓到詐欺犯、成功復仇。」換言之，這是製作方「數位」性質的提示，告訴觀眾：「我們要說的是這種故事，請各位觀賞。」觀眾接收到這個訊息，便會同意：「好，

就看這個故事吧！」雙方的交涉就此成立。反過來說，如果製作方也搞不清楚自己想做什麼故事，或是說得模稜兩可，觀眾就不知道該不該繼續看下去了（故意讓觀眾猜不透故事類型，藉此勾起觀眾興趣也是一種做法，不過這可以算是一種例外）。

另一方面，人物的心理則帶有「類比」的性質，隨著劇情推展產生變化。主角會為復仇採取行動，但是如果遇上生命中的摯愛，復仇的意志也可能減弱；反之，只要出現某些契機，主角心中的仇恨也可能死灰復燃。假設到了最後，主角查出犯人，心想：「這下終於可以報仇了！」但是主角與犯人接觸之後，卻發現他有不為人知的苦衷，並不是十惡不赦的壞人，這時主角的復仇心也會產生動搖。人物心理就像這樣，以「類比」的方式不斷變動。

但是，這時「主角以復仇為目標」的故事，仍然是不變的數位設定。這一點會以主角的想法表現出來：「我下定決心報仇雪恨，不能就此退縮。」但主角的復仇心又已經動搖，使他內心產生糾葛。正是這兩者之間的矛盾，催生了本作的戲劇性：「復仇真的是正確的做法嗎？」

再以《羅馬假期》為例。主角布萊德利帶公主參觀羅馬城，目的是偷拍公主的照片做獨家報導。這是「數位」的故事設定，主角也跟著這項設定行動。但是和公主相處的過程中，布萊德利逐漸對公主萌生好感；他越來越喜歡公主，所以到了故事最後，寧可把這些照片束之高閣。這時，布萊德利對公主的心意帶有「類比」的特質：這份好感並非在某個時間點突然

從零飆升到一百，而是在主角心裡日漸成長。最後，由於他對公主的心意凌駕了「用獨家照片牟利」的數位設定，因此儘管好不容易弄到了照片，他還是決定把它們收好。

另外，有時人物心理也會以「數位」方式產生遽變。例如遭到深愛的人背叛，愛情一夕之間轉為憎恨。在這個例子當中，「發現自己遭到背叛」是數位的故事，人物心境劇烈轉變則是受到這項數位設定牽動所致。這種情況下，類比要素仍可能並存，例如乍看之下主角心中只剩恨意，但內心深處其實還殘存一點愛情。

我從沒看過其他編劇參考書提過上述「數位」和「類比」的思考方式，但專業編劇都下意識採用這種方式思考。編劇學生正是沒有掌握好這點，導致「數位」的故事設定和「類比」的心理變化相混淆，才會寫出漫無目的、不得要領的故事。

NOTE

劇中主角一定要成長嗎？

　　曾有學生問我：「戲劇裡的主角一定要發生變化、成長嗎？」

　　先說結論，人物不一定要變化、成長。例如系列單元劇，每一集都會發生事件、解決事件，主角則幾乎沒有太大變化。警探劇大抵如此，我擔任編劇的《特命係長・只野仁》就是這種類型的作品。不過當上專業編劇之後才有機會撰寫這種作品，如果是以未來成為編劇為目標、準備投稿到劇本徵選比賽的作品，還是讓主角有所變化、成長較佳。

　　之所以這麼說，並不是因為這是必須遵守的規矩，而是因為這種劇本比較容易上手，也比較容易寫出精彩之作。所謂戲劇，基本上描寫的是某種人、事、物的變化情形。以警探劇來說，即使主角自始至終沒有變化，仍然會發生事件；從不知道犯人是誰的狀態，到查出犯人、逮捕歸案，這一連串事態變化就是警探劇描寫的重點。觀眾享受的是劇中事態的演變，所以即使主角沒有變化，戲劇仍然成立。

　　但是若非系列單元劇，而是一集完結的單篇短劇，又選擇不著墨於主角的變化，光憑事件的有趣程度吸引觀眾，雖然不是完全不可能，但要寫得好反而更加困難。

　　觀眾看戲的時候，會下意識著眼於劇中描寫的問題。警探劇的「問題」就是不知道兇手是誰，觀眾對兇手的眞實身分產生好奇而繼續往下看。

　　一般通俗劇人間劇（編按：人間劇係以人情互動與變化作爲主要劇情的劇種）也一樣。例如故事一開始，假如女主角和母親之間發生對立，觀眾便會好奇「她們會如何修復親子關係？」解決親子之間的問題，必須要有某種「變化」，例如雙方各自意識到自己的問題、得知對方的想法，或是深自反省、改變態度等。一般人得知先前不知道的事、內心有所反省，必然會因此成長。換言之，變化、成長並不是劇中非描寫不可的麻煩事，而是一般的「正常現象」。

　　我擔任編劇的《熟男不結婚》（結婚できない男），劇中主角則是拒絕變化的人物。他認爲自己「維持原樣就好」，但是與周遭人物互動之下，無意間一點一滴發生轉變，所以這部作品也一樣描寫了主角的變化與成長。

NOTE

劇本的 WHAT 與 HOW 問題

　　編劇作業當中有 WHAT 與 HOW 兩個面向。WHAT 指的是「寫什麼」，與題材和主題有關。HOW 則是「怎麼寫」：以何種故事呈現、如何配置人物，如何把整齣戲寫得有趣等等。

　　不論往腦中輸入訊息、還是產出作品的時候，先了解上述兩者的區別都有助於改善效率。反之，許多學生由於不清楚兩者之間的區別，儘管努力練習，進步仍然有限。

　　若以料理比喻，WHAT 是食材，HOW 則是烹調過程。進行烹飪時，食材就在眼前，必須經過烹調之後，一道料理才會完成，這是顯而易見的道理。但是換作編劇則不然，很難清楚區分哪些是 WHAT、哪些是 HOW。

　　我學習編劇時沒有特別想過 WHAT 與 HOW 的區別，還是一樣進入了業界。但是自從成為專業編劇、到教室擔任講師之後，卻發現這個問題成了許多學生學習路上的阻礙。之所以發現這件事，是因為我跟學生討論如何修正作品的時候，時常覺得雙方各說各話，便開始思考其中原由。我們「各說各話」的情形，用剛才的料理來比喻，就像我和學生談烹調的問題，建議他「調味改成這樣如何？」但學生卻回答「這是有機蔬菜」，感覺雙方談的不是同一件事。究其原因，便是因為學生

腦中只有「食材」的概念，沒有「烹調」的概念，誤以為把還帶著土的有機蔬菜直接擺在盤子上，一道料理就完成了。

各位讀者一聽，想必馬上就知道「這種料理不能吃」。這是因為料理的食材就擺在眼前，烹調也是在眼前進行，容易進行客觀判斷。

但是編劇是在腦中進行，肉眼看不見；寫好的作品以文字排列的方式呈現，無法區分哪些部分是 WHAT、哪些是 HOW。正因如此，撰寫劇本時的 WHAT 與 HOW 才如此難以區別，也難以了解如何進行相關練習，因此練習效果也就差強人意。

前文提過「分析電影」的方法，幾乎都是針對 HOW 的練習。「這部電影的這一幕之所以這麼有趣，是因為這邊用了某某技巧。」提取這些分析內容，目的是讓自己也學會運用相同技巧。這種練習方法談的不是「食材」，而是「烹調方式」：做了這些事情，料理就會變得更好吃。意識到自己「正在針對 HOW 進行練習」，更能意識到練習成果，效果也會隨之提升。

有一種方法可以區分 WHAT 與 HOW。假如作者撰寫作品的時候只考慮到 WHAT，他把作品拿給別人看的時候會說：「這是我想寫的東西。」另一方面，考慮到 HOW 的作者則會說：「請好好享受這部作品。」觀眾追求的永遠都是「為自己帶來享受的作品」。聽到作者說「這是我想寫的東西」，觀眾只會覺得「你想寫什麼不干我的事」，只有作者的朋友和親人會在乎作者想寫什麼。觀眾是素未謀面的普羅大眾，你交出一

部作品的時候，口中說的是不是「請好好享受」？是否把這件
事當成自己的目標？我認為這就是重點所在（當然，觀眾看了
這樣寫出來的作品，還是有可能會說「好無聊」）。

　　還有一個重點，那就是專業編劇比較需要 HOW 的能力，
WHAT 的能力較少派上用場。製作人往往會主動提出 WHAT
的要求，例如「以某作品為原作」、「主演演員說想演某某
類型的戲」。資歷越淺的編劇新人，越常出現由對方提供
WHAT 的狀況。編劇必須具備的是 HOW 的能力，也就是「如
何調理對方提出的 WHAT」。「一切都還沒定案，這次寫什
麼劇本好呢？」這種從尋找 WHAT 開始起步的工作，要等累
積一定資歷之後才會接觸到（不過深夜連續劇等自由度較高的
案子，即使是新人也有可能從 WHAT 開始思考）。

　　還沒有成為專業編劇之前，擁有選擇 WHAT 的自由；但
是這份自由也常常反過來成為編劇學生的絆腳石。

　　比方說，有一位學生想寫主角遭到父母虐待，後來也虐
待自己親生孩子的故事。關心這個議題、想以此為題材確實很
好，但是我聽了必須打個問號：這題材對初學者來說，是不是
太難了點？

　　「上一代的親子關係影響到下一代」這個問題是 WHAT，
關心這個議題、想寫進作品裡都不是壞事。但是瓶頸在於，目
前這位作者對 HOW 的了解只有初學程度，能力還不足以把這
項素材烹調成美味料理。

　　打個比方，這就像一個人才正要考駕照，卻突然想報名參

加 F1 賽車比賽一樣，成功的可能性不大。換言之，一旦選擇了不適合的 WHAT，執筆進度跟著停滯不前，結果就連 HOW 的練習都會受到影響。若以成為專業編劇為目標，必須優先訓練 HOW 的能力，意識到這一點，選擇適合練習的 WHAT 才是上策。

說是這麼說，但這時情感上往往還是難以割捨。如果你關懷某個議題，懷著「我想寫出這件事！」的強烈意念，要捨棄這個 WHAT 可是相當困難。是否能說服自己：「這個 WHAT 太困難了，暫且擱置一邊，現在先選擇其他容易上手的 WHAT 吧！」這已經是個人的問題，沒有他人干涉的餘地了。

也可能發生相反的問題。「既然我是初學者，那就不要把 WHAT 想得太複雜，挑個熟悉的題材吧！」這下子往往又發現自己的日常生活太普通，沒有一件可以發展成劇本的事。不過，可別誤以為熟悉的題材就一定寫不成劇本，只是需要加上一些假想的點子：「假如發生這種事，不是很有趣嗎？」這時就需要在平凡日常當中發掘有趣元素的能力了。WHAT 的要素當中，又混合了 HOW 的要素。一道料理的「食材」與「烹調」完全是兩回事，但是劇本的 WHAT 和 HOW 則無法完全切割開來。

前文提過，我在學生時代不曾意識過 WHAT 與 HOW 的區別。其實，雖然沒有意識到這一點，但我當時自然而然就偏重於 HOW 的練習；當時寫的劇本習作，主角也大多都是和自己一樣生活在都會的普通年輕人，我對劇本的 WHAT 幾乎沒

什麼講究。這是為什麼呢？

　　國中一年級的時候，我看了李小龍主演的《龍爭虎鬥》，從此對電影深深著迷。國中三年間，我腦中幾乎被李小龍和○○七占據（所以沒什麼心思念書）。我看了這些電影心想，「真是太有趣了！」「我也想做出這麼精彩的電影。」換言之，我純粹是以作品的「精彩、趣味」為目標，而不是想刻劃「某個主題」。以「做出有趣作品」為目標的人，重視 HOW 的學習真是再自然不過了。到了高中時期，我也開始看一些風格較獨特的作品，如美國新好萊塢電影、法國新浪潮電影。不過回頭想來，一開始接觸的電影是單純的娛樂之作，還是為我帶來滿不錯的影響。

NOTE

徵稿比賽對 WHAT 也有所要求

對專業編劇來說，HOW 是必備能力，WHAT 則是其次。但是，進入業界之前，我們通常會參加徵稿比賽尋找機會，這時情況又不一樣了。參加比賽時，題材若與最近得獎作品相同，便不容易獲得青睞；反之，令人耳目一新的題材、主題，則容易獲得好評。換言之，徵稿比賽不僅講求 HOW，同時也考驗 WHAT 的能力。

編劇學生找到新奇的 WHAT，好不容易奪得獎項；但是成為專業編劇之後，講求的卻是 HOW 的能力，劇本的 WHAT 皆由製作人決定，這可說是目前業界的怪象。

NOTE

初學者宜避免的題材與類型

接下來談談題材。想以什麼樣的題材創作是個人自由，但是以我的經驗來說，有幾種比較不適合初學者嘗試的題材與類型。列舉其中幾項如下：

群像劇

基本上，戲劇是以一位主角為主軸書寫。有些專業編劇會選擇以「群像劇」的型式呈現，也就是不限定一位主角，平均描寫複數人物。但初學者以學習編劇基礎為優先，最好還是選定一位主角進行創作。勉強撰寫群像劇，往往只會寫出結構零散的作品。

需要參考大量資料、訪談的題材

例如以歷史事件為題材的作品。為了撰寫劇本，願意針對某個題材進行訪談、研究當然很好，但是也必須注意拿捏程度。選擇極為困難的題材，即使花費大量時間進行訪談、查找資料，這時也只是更加了解這個題材而已，完全還沒有練習到編劇技巧。學習編劇基礎才是當務之急，因此還是選擇自己熟悉的題材為上，才不必花太多時間查閱資料。

時間或空間有所限制的戲

舞臺劇的劇本通常在時間、空間上有所限制，不過初學者最好避免這類設定。反過來利用時空上的限制確實能為故事增色，但是對初學者來說還太難了，一不小心就可能寫出故事毫無進展、漫無目的的內容。

懸疑、奇幻、動作、科幻

這幾個類別是娛樂作品中的主流，在美國電影當中大約也占了八成之多。然而，撰寫這幾類劇本必須具備該類別特有的理論和知識，必須在編劇基礎之外額外鑽研。也許你當觀眾的時候愛看這些作品，但是初學者是否該寫這幾類作品練習編劇，那又是另一回事了。

體育競技類

初學者撰寫運動類作品，容易落入全篇只有比賽過程、缺乏戲劇性的圈套。要讓運動比賽的勝負結果同步帶動劇情推展，其實是相當困難的一件事。若以為只要寫出雙方比賽拉鋸的情形，自然就能寫出一齣戲，那可就大錯特錯了。

擔任講師的過程中，我看見學生挑選上述幾種題材，卻寫得很辛苦，才發現「這種題材對初學者來說不容易掌握」。以上列舉的僅是一小部分，並非全部。絞盡腦汁思考、在嘗試錯誤中學習當然很好，但是我也見過許多學生一下子選了太過困

難的題材，沒多久就覺得「編劇太難了」，因而放棄這條路。
為了避免這種情況，還是選擇初學者容易上手的題材較為妥
當。

NOTE

跳入泳池

一旦選定了某個題材，就必須認真面對它。我描述這件事時，常告訴編劇教室的學生：「你們要跳進泳池裡。」因為不少學生的作品，給我的感覺都是只把腳尖稍微浸到水裡，就說「我游完了」。撰寫劇本的時候，必須整個人跳入選定的題材與登場人物的人生當中，激起水花痛快暢泳才行。

但是即使這麼說，學生還是不太明白撰寫劇本時「只有腳尖浸到水」和「跳進泳池游泳」的差別。畢竟過去從來沒有相關經驗，所以學生不僅不清楚自己是否已經「跳入泳池」，也不太明白為什麼撰寫劇本時必須這麼做。

這種感覺不容易說明，不過有個具體的指標，那就是自己對主角的共感、理解程度。假設劇中有個罹患重病、來日不多的人，你對這種狀態、對當事人的心情能掌握幾分？然而共感程度無法量化為數字，很難判斷自己的共感是否足夠。此外，有些名作是以冷眼旁觀劇中人物的筆調寫成，因此倒也不是只有與人物共感才能寫出好作品。

要衡量自己對劇中人物的理解程度，有一個判斷方法：如果問你「這個角色面對某某情況會怎麼做？」你是否能立刻答出他會採取什麼反應？

　　常聽人說，編劇的時候最好先寫出登場人物的履歷表，我認為這也是進一步了解人物、加深共感的方法之一。但履歷表也不過是資料，並不是只要把履歷寫出來就萬事解決了。編劇需要的是與劇中人物共感、設身處地加以理解，掌管這些感受的是右腦，而非左腦；履歷表僅列舉表面上的資訊，恐怕只會累積左腦負責的知識。當然，此舉並非毫無意義，但最好事先意識到這個可能性。

　　這方面的準備工作做到一定程度，劇中人物就會開始「動起來」。不過這一切都發生在自己腦中，所以無法像體育運動一樣，用肉眼看得見的方式示範給學生看：「來，跟著我這樣做。」學生只能自行摸索：「是這樣嗎？還是這樣才對？」成為專業編劇之後，這摸索、嘗試的過程還會一直持續下去，只是程度有所不同罷了。專業編劇跳入泳池之後，每天都在絞盡腦汁思考更好的游法。

NOTE

編劇不需要主題？

　　幾乎每一本編劇參考書都會提到「主題」，但是我撰寫劇本的時候，從來不會特別思考主題；開會研議劇本內容的時候，「主題」也從來不曾被提出來討論。不必特別思考主題，一樣可以撰寫劇本。以58頁的圖B來比喻，就像幾乎不碰「主題」這個把手，只要握住其他把手，一樣可以轉動輪子。

　　那麼，我的作品就沒有主題嗎？並非如此。換言之，「主題」會在思考故事與人物、深入刻劃各項要素的過程中，自然而然、幾乎在下意識中浮現出來。即使沒有特別意識到一齣戲的主題，仍然可以順利進行編劇。

　　那學習編劇的人該如何看待主題比較好呢？以主題為中心思考的缺點顯而易見：作品容易浮於理論，說教意味過於濃厚。

　　有個常見的說法是，「如果只想宣揚某個主題，大可不必寫劇本，只要拿著大字報站在街上就行。」思考自己想表達什麼主題當然沒問題，但萬一太過執著於主題，恐怕會遺忘戲劇「娛樂觀眾」的初衷，嚴重時甚至會認為：「這部作品表達的主題很棒，所以有趣與否根本無關緊要。」即使不談這麼極端的例子，編劇學生講究主題的時候，往往也難以兼顧作品的趣味性。

　　要解決這個問題，必須清楚意識到前文所述的「WHAT」與「HOW」兩面。主題代表「我想寫什麼、表達什麼」，屬於 WHAT；另一方面，作品當中也存在 HOW 的領域，也就是「如何刻劃這個主題」。一部作品精彩與否，多半取決於HOW 的部分，學習過程中就必須建立這個概念。觀賞經典電影的時候，不妨採取分析的眼光：「這部作品表達的主題很棒，不過同時也運用了某某技巧（HOW）使之成型。」如此更容易掌握一部作品的 WHAT 與 HOW 兩面。

NOTE

第四章　專業編劇的工作情形／成為編劇的三條路

連續劇製作過程（一）：企劃與故事有何不同？

　　本章要談的是專業編劇實際工作的情形，以及成為專業編劇的方法。

　　先來談談民營電視臺的連續劇是如何製作的。

　　某天，製作人問編劇：「你願不願意寫下次 ✕ 月開播的連續劇？」這就是編劇工作的起點。這時，主演演員大多已經底定，也就是說，編劇必須開始思考：「這個人主演什麼樣的戲才會有意思？」有時製作人或主演演員會提出「這次想製作、演出某某類型的戲」，有時一切都還沒決定，須從零開始思考。

　　當然，有時候會接到已有原作漫畫、小說的委託。有原作的狀況下，這個企劃實質上在編劇接到委託時就已經定案了。

　　沒有原作的情況下，編劇會和製作人一起提出各式各樣的方案討論，逐步擬出企劃案。達成「採用這個企劃」的共識之後，編劇會負責寫成企劃書。這份企劃書的主要用意是給電視臺高層、主演演員（與經紀公司）過目，取得各方同意。有時企劃會在這個階段進行修正，有時也會被否決，必須從零開始重新思考。

　　至於已有原作的情況，雖然企劃已經定案，但是改編成連續劇可能需要新增人物、改變設定，所以對編劇而言，一樣需要與原創戲劇相同的作業過程。

　　企劃拍板定案之後，編劇一邊視需要進行採訪、查閱資料，一邊開始撰寫第一集劇本。這時登場人物已經確定，因此製作人也會開始決定主演以外的演員。第一集的劇本完成，主要演員都定案之後，也就確立了這部連續劇的整體印象。以上省略了許多細節，不過連續劇的製作大致上是這麼開始的。

　　擬定企劃的階段比較沒有壓力，不滿意的話只要從頭開始思考就好，時間上也還有餘裕，可以說是連續劇製作過程中最愉快的時期。

　　進行這個階段的作業時，我常思考「企劃」和「故事」之間究竟有什麼差異。擬定企劃的時候，當然也會思考登場人物、故事架構，但是只要想出一個趣味橫生的故事，就算是企劃了嗎？倒也不能這麼說。企劃包含演出人員、放送時段等劇本以外的要素，可以說是構築戲劇整體的一項作業。另一方面，單項的點子也可以算是一種企劃，例如「假如讓阿部寬飾演家庭主夫，應該會很有趣吧？」擬定企劃是「吸引觀眾來看這部戲」的工作，構築故事則是「讓已經在看的觀眾享受內容」的工作，這麼說也許就比較容易理解了。

連續劇製作過程（二）：絕對要避免「無戲可拍」的狀態

　　企劃定案之後，接下來要談的是撰寫劇本的過程。撰寫第一集、第二集的過程，除了撰寫劇本之外，同時也是逐漸使企劃成形的工作。由於這時可能會一邊撰寫劇本、一邊修正企劃，而且隨著配角演員、拍攝地點、布景配置逐一確定，劇本也可能隨之調整。因此，第一、二集較常出現嘗試錯誤的狀況。

　　撰寫第一、二集，企劃整體也逐漸成形之後，就要開始執筆第三集以後的劇本了。第一、二集必須花費較多時間嘗試錯誤，第三集以後則是保持一定的步調，一集接著一集寫下去。決定完結篇的截稿日期，把剩餘天數除以剩餘集數，便能算出一集能花費多少天撰寫。如果是四月開播的連續劇，大約在五月底前必須交出完結篇的劇本（隨著完結篇播出日期不同，交稿日也會有所差異）。假設寫完第二集的時候是二月底，全篇共有十集，三月至五月這三個月的時間內，就必須寫完八集。換算下來，撰寫一集劇本的時間大約是十一天（若是 NHK 的晨間劇，每週九十分鐘長的劇本，平均僅能花十二天的時間撰寫，比民營電視臺的連續劇辛苦不少）。

　　由此可知，連續劇並不是在劇本全部寫完之後才開拍，一般只要在開拍之前完成第三集就沒問題了（NHK 的連續劇則大多等到劇本幾乎完稿時才開拍）。

　　至於這十一天期間執筆一集劇本的工作內容，一般人對作家的印象，往往是蝸居在屋內撰寫原稿，交出原稿後工作就結束了。不過這十一天的時間內，編劇可不只是窩在房間裡寫劇本。

　　編劇會先寫出故事大綱，開會進行討論。決定故事方向後，開始撰寫初稿；完成初稿後再開會決定修正方向，然後開始撰寫二稿，二稿完成後再開會……重複這個過程，直到「沒有該修正的地方」便完成定稿。修改幾次視個別情況而定，進展順利時幾乎不必修改，有時碰上難關，也可能反覆修改多次，我自己平均會改到三至四稿。編劇便是在這十一天的期間內，完成前述一連串的作業。

　　當然，不可能每次都順利在十一天內完成，也有進展不順、超過預計日數的情況。如此一來，後續作業的時間便會受到影響，有時會出現完結篇只能在幾天內寫完的狀況。劇本若是再交不出來，拍攝現場恐怕陷入「無戲可拍」的窘境，編劇最怕遇到這種狀況。為了避免上述慘案發生，必須掌握自己「現在拖了幾天」，妥善管理進度。你聽了可能有點意外，其實製作人不太會幫編劇管理進度，所以編劇必須自行掌握撰寫劇本的時程。

　　另外，在定稿之前，覺得「劇本差不多完成」的時候，會印一次「準備稿」。準備稿的用途除了方便工作人員安排攝影時程、尋找外景地點（決定在哪裡拍攝）、準備戲服和小道具以外，還必須讓主演演員過目，詢問演員的意見。

　　演員是否提出意見因人而異，有些人完全沒有意見，也有
人連細節都十分講究。不論如何，讓演員閱讀準備稿，就代表
「有任何意見請現在提出」的意思。電影或電視劇裡，有時會
看到任性的大牌演員，戲拍到一半大鬧彆扭，拋下一句「我才
不要念這種臺詞」便躲回休息室不肯出來，這種狀況在現實中
是不可能發生的。演員要是對臺詞有意見，在準備稿的時候就
會提出來了。

　　此外，工作人員也會考量實際條件提出各種要求，例如
「這個地方無法取得拍攝許可，請換個地點」等等。依據演
員、工作人員雙方的需求，進行最後修正之後，就成為這部劇
本的定稿，因此定稿便是「理應可以順利進行拍攝」的劇本。

　　工作人員或演員對劇本有任何意見的時候，一律都是告知
製作人，編劇則在與製作人開會時聽取這些意見。萬一有好幾
個人提出彼此矛盾的意見，編劇也不知道該如何是好，製作人
的職責之一，就是疏通、整合這些意見，再轉達給編劇。

　　如上所述，編劇必須在短時間內聽取各方意見、考量各種
狀況，綜合各方需求整合出一部作品，這是編劇和小說家截然
不同之處。進行這些工作的時候是否能樂在其中，是一個人適
不適合當編劇的重點之一。

各種企劃書

再詳細談談企劃書。

企劃書的構成要素是「企劃意圖」、「主要登場人物設定」、「故事」。如果是連續劇的話,企劃書中除了第一集的故事內容,還會附上「第二集以後大致的故事走向」。企劃書沒有既定格式,而且基本上不會外流,所以我也幾乎沒看過其他人寫的企劃書。不過,我也從來沒被製作人糾正過「企劃書這樣寫不對哦!」所以用我目前的寫法應該就沒問題了。

隨著編劇在業界的身分、地位(?)提升,「提出企劃書,若企劃通過便能接到編劇工作」這種類型的案子會逐漸減少,取而代之的是「我們要做某某類型的戲,請幫我們寫劇本。」或是「請幫忙寫明年某月開播的連續劇,已經決定由某某演員主演。」跳過提出企劃書的步驟,直接委託編劇撰寫劇本。

這種情況下,我們一樣會寫企劃書。不過,既然企劃不必再經過審核,為什麼還要寫企劃書呢?首先是為了與製作人討論,確定要做什麼樣的戲。這時的企劃書只是開會時討論用,所以不必拘泥格式,只是隨手寫下的備忘錄也沒有關係。過了這個階段,內容大致底定之後,這時再寫成正式的企劃書。這份企劃除了給電視臺的高層過目之外,也作為選角之用,例如

請事先安排的主演演員過目、取得同意，或是拿著這份企劃書，延請主演以外的演員飾演劇中角色。

在我剛接觸業界，還不確定能否成為專業編劇的時候，寫了不少「提出企劃，假如通過就能接到案子」的企劃書。一想到要是企劃通過，說不定就能接到編劇案子，當時總是拚盡全力去做，但是這類企劃書一次也沒有通過審核。

還有一個問題，那就是編劇新人有可能領不到撰寫企劃書的稿酬。尤其對製作公司來說，企劃沒有通過的情況下，公司一點利潤也沒有，所以酬勞能不給就不給。即使心裡疑惑「那份企劃書的稿酬後來怎麼了？」礙於新人在業界的立場薄弱，往往難以開口，我也碰過幾次就這樣不了了之的例子。但是，這種剝削新人的製作人是成不了大器的。

新人心裡當然會期待「這個企劃通過的話，說不定就能接到編劇工作了」，但我想還是抱著「被拒正常，通過賺到」的心態比較好。比起期待企劃獲得採用，還是把撰寫企劃書這件事當作一種練習比較有建設性。

業界新人、立志成為編劇的朋友最想問的，也許是該怎麼從「只能寫不知道能否通過的企劃書」的狀態，晉升到「不必提企劃，直接接到編劇委託」的狀態。我回想自己過去的經歷，發現答案並非三言兩語就能道盡，並不是「達到某個目標，馬上就能接到案子」。而是在累積資歷的過程中，到了某個時期，周遭的人自然而然便會認同你的實力。

企劃實例一：《熟男不結婚》

以下談談企劃誕生的幾個實例。

連續劇幾乎都是先決定主演演員才找來編劇，編劇的工作就從思考「該讓這個人演什麼樣的戲」開始。

《熟男不結婚》的出發點，也是思考以阿部寬為主演，該做什麼類型的戲才好。當時我對製作人說，「如果做一部愛情喜劇，讓阿部先生飾演個性乖僻的男主角，應該不錯吧？」印象中，這時連企劃書也沒有，只是口頭上跟製作人這麼說而已。不過此時製作人並不贊同，理由是「應該滿有趣的，只是不知道觀眾買不買帳。」我當時沒有太大的信心，也不敢肯定這齣戲「一定大受好評」。

接著，製作人先向阿部先生提了另一部以原作為底本的企劃，但阿部先生對該企劃沒有興趣，製作人便隨口提及「對了，尾崎好像提到某某類型的戲」，據說阿部先生聽了，當場便決定採用這個提案（當時我不在場，因此不清楚詳細的對話內容）。有了阿部先生的贊同，這項企劃就這麼成立了。

換言之，這部戲並不是反覆思量什麼題材會受到大眾歡迎、不斷商討之下的結果，而是我突如其來的一個想法，加上阿部先生的贊同而誕生，其實是一連串巧合下定案的企劃。結果這部戲收視率等各方面都十分成功，成為我的代表之作，真

是不可思議。

　　自己的作品大獲成功確實令人高興，但是若要再做一次同樣的事，我恐怕辦不到。並不是遵從某種規則，就能做出大受歡迎的熱門強檔，這是無法「再現」的成功案例。連續產出熱門大作的作家，無論是否明確意識到這種「再現」的規則，也許能掌握到某種規律；但我沒有這方面的心得，儘管做過幾部熱門作品，若是問我其中的成功法則，我也只能回答「一切都是巧合」。

　　想當然耳，阿部寬飾演的男主角「桑野信介」是這部戲的靈魂，不過老實說，我完全沒在這一點下過苦功。因為桑野基本上就是我的分身，「只要寫自己就好」，過程輕鬆簡單。阿部先生則是完美演出了我筆下的桑野（根據內人的說法，「阿部先生飾演桑野的時候，絕對研究過你這個人」）。

　　相較之下，劇中的女性角色可真煞費苦心。該賦予桑野身邊的女性什麼樣的特徵才好呢？為了這一點，我在執筆之前訪問了多位女性。

　　這時，我和某公司 20、30 歲左右的幾位單身女性一起去喝酒，一位 20 幾歲的女生問 30 幾歲的前輩：「○○姐，妳打算在公司做到屆齡退休嗎？」我聽了心裡一驚，多微妙的臺詞啊！這句話也可以詮釋成「我看妳也沒希望結婚，只能仰仗公司的薪資拚死做到退休了吧？」當然，當事人全無惡意，只是用普通的態度提問而已。

　　此後我留意傾聽女性之間的對話，發現「20 幾歲的女性會說出對 30 幾歲女性非常失禮的話」。上述例子還是當著前輩的面說話，如果沒有 30 幾歲的人在場，年輕女生說話就更不客氣了。「到了 30 歲還會有理想嗎？」「20 幾歲的時候，單身兩年就覺得很丟臉，但是 30 歲以後單身幾年都沒差了吧？」諸如此類。我聽了心想，「就是這個！」

　　我決定安排國仲涼子飾演的「小滿」，對夏川結衣飾演的「夏美」頻頻說出失禮的話，藉此分別突顯 20 幾歲、30 幾歲的人物特徵。夏川小姐展現完美演技，不論小滿說什麼，她都以微妙的笑容應對；國仲小姐也將小滿演繹得十分可愛，不論她說話多麼毒舌，都讓人討厭不起來。

NOTE

企劃實例二：《老公當家》

　　《老公當家》（アットホーム・ダッド）是我和阿部寬首度合作的作品，有了這部戲的成功，日後才有《熟男不結婚》的誕生，是我職業生涯中相當重要的一部作品。

　　構思這部戲的時候，已經決定由阿部寬和宮迫博之兩位演員主演，因此起點是思考該讓他們兩人演什麼樣的戲。最後脫穎而出的構想，是兩棟相鄰的屋子，兩家人住在隔壁，有兩組夫妻帶著孩子各自生活其中。這兩位丈夫個性正好相反，水火不容，老是吵個不停；兩位妻子處得倒不是特別差，她們在一旁看著先生吵架，老是捏一把冷汗，一場家庭劇就在這種狀況下展開。暫定戲名是《家有惡鄰》（おとなりさん）。這時尚未拍板定案，只是以上述設定起個頭緒，討論這樣寫好不好、哪裡該修正，還是該全盤推翻、重新想過？我們反覆研議許久，雖然確定這部戲有一定的有趣程度，但總覺得還少了些什麼。

　　在這種狀況下，某天我們在討論的時候，製作人突然提到「可能宮迫先生的職業是家庭主夫之類的。」下一個瞬間，我說：「那阿部先生也是家庭主夫。」這兩句對話在短短十秒左右的時間內發生，這十秒正是《老公當家》企劃誕生的瞬間。

　　這點子出現之後，我們立刻看見這部戲的潛力。最後的設定是這樣的：宮迫先生本來就是家庭主夫，後來阿部先生一家才搬到隔壁。阿部先生是個工作狂，認為「不工作就算不上男人」，打從心底瞧不起在家當主夫的宮迫先生；但是萬萬沒想到，後來阿部先生自己也在因緣際會下，不得不挑起家庭主夫的職責。這一連串劇情順利定了下來。

　　比較辛苦的是如何塑造宮迫先生這個角色。有人認為只是擔任家庭主夫，這個角色好像還少了些什麼，於是出現了各種提案，例如他其實有在做音樂，或是私底下偷偷寫小說，夢想成為小說家等等。這是因為以一個劇中角色而言，心甘情願在家當主夫的男性好像個性太薄弱了一點。但後來我發現，即使在家當主夫，並不代表這個角色身為「男性」的特質就會因此消失。意識到這一點之後，不必添加額外的要素，這個角色也順利成立了。

　　無論如何，若沒有那十秒之間的對話，就沒有這部戲；但是要我再做一次同樣的事，我也不知道該如何重現這段討論過程。《熟男不結婚》也是如此，想來總覺得或許真有某種不可思議的力量，在冥冥之中推動一部戲的誕生。

NOTE

編劇就像「煮火鍋」

　　火鍋和其他料理相比，「煮的人」和「吃的人」之間的區別更曖昧不明。大家一起帶來食材，「這個也加進去吧」、「再加點 ×× 好了」，一邊七嘴八舌地出主意，一邊合作出一鍋料理，然後一同共享烹調的結果。

　　我認為專業編劇的工作就像「煮火鍋」。負責劇本執筆的當然是編劇，但是製作人、導演，甚至是他們的助理都會給予意見（有時候主演等級的演員也會表達想法）。假如其中有人提出差勁的意見，卻沒有人跳出來指正「這麼做不恰當」，最後寫出來的劇本自然好不到哪裡去，所有人必須共同承擔後果。反之亦然，每個人各自提出好點子，作品的品質也會隨之提升，所有人一起享受美好成果。

　　因此，編劇和製作人的關係並不像主廚和客人，不是一方負責點單、一方負責烹調，反而比較接近一起圍著火鍋坐下來的關係。即使一齣戲最後失敗了，一個好的製作人也不會單方面怪罪編劇說「都是那個三腳貓編劇惹的禍」。因為製作人也參與編劇過程，一起提出意見，所以結果若是差強人意，同意這份提案的製作人也有責任。

　　編劇和製作人的關係，比起小說家、漫畫家與編輯的關係更接近「共同合作」。小說已經自成一部完整作品，劇本則不然；即使劇本完成，也不代表一齣戲已經完成，還得集結許多工作人員、演員，花費時間與金錢攝影、剪輯之後，一部戲才大功告成。劇本等於是一齣戲的設計圖，所以相關人員對劇本各有意見、要求是理所當然。

　　當然，該對劇本品質負起最大責任的仍然是編劇。編劇要是覺得誰的意見不好，自然應該表達反對，同時也應該積極溝通，找出各方都贊同的結論。因此，雖說各方人馬都會對劇本表示意見，但這並不代表編劇完全無法掌控自己的作品。

　　這是戲劇製作的圈外人（包括編劇教室的學生）時常誤會的一點。有些人以為劇本是編劇個人的作品，即使是製作人也不應該擅加干涉，要求編劇更動劇本是對作品的褻瀆等等。從前接受雜誌採訪的時候，我曾被問到「製作人有沒有要求您修改過劇本？」我回答「當然有」，結果對方以同情的語氣表示「咦，這樣啊！」想必是不了解編劇這一行才會這麼說。

　　不論提出意見的是誰，只要願意分享意見、改善劇本，對我來說都是幸運的好事。偶爾會有碰巧在場的年輕工作人員，在會議中非常客氣地開口：「那個，不好意思，我有一點想法……」有時候正是這些建議幫了我們大忙，我對此心懷感謝。

《七人女律師》與《熟男不結婚》

我在考慮要不要接受新戲委託時，總會想起一件事。

《熟男不結婚》（2006 年 7 月連續劇）播出那陣子，我在網路上看見一般觀眾的評論：「前陣子狀況不佳的尾崎將也，在本劇中再度復活……」所謂「狀況不佳」，指的大概是前一季，也就是四月播出的《七人女律師》（7 人の女弁護士）。我自己並不覺得狀況特別差，只是當時接到的工作剛好是那齣戲罷了。但是從觀眾的角度看來，編劇尾崎在《七人女律師》狀況不佳，在《熟男不結婚》則是再度復活，某方面來說也是無可厚非。

《七人女律師》這部作品以律師為主角，故事講述七位女律師如何為殺人案被告洗清冤屈、揭露真凶，屬於系列單元劇，每一集自成一個完整故事。內容與其說是「法庭劇」，倒不如說比較接近「警探劇」。由於本作由多位編劇分別執筆，主筆要是過度發揮個人特色，其他編劇恐怕難以配合，因此必須儘量收斂自己的獨特性。這部戲收視率還算不錯，後來還做了第二季，以節目而言算是成功的類型，但顯然不算是「尾崎將也」這個編劇的代表作品。

　　另一方面，《熟男不結婚》則全面發揮了我的個人風格，是其他人寫不來的作品。最後這部戲大獲成功，不僅獲得觀眾好評，收視率也不錯。未來若以編劇身分參與製作，這兩部戲我會選哪一種？答案很顯然是《熟男不結婚》。但前文也提過，《熟男不結婚》並不是製作人要求我「寫你喜歡的戲」而誕生，只是主演的阿部寬先生不滿意製作人最初提的企劃，又碰巧對《熟男不結婚》的提案有興趣，才因緣際會之下催生出這部作品。假如阿部先生對各種提案都來者不拒，想必《熟男不結婚》這部戲就不會誕生了。

　　如前文所述，編劇接到什麼樣的委託，多半受到時運左右，實在很難只寫符合自己個人特色的作品。當然，堅持「只寫自己想寫的作品」是個人自由，但是貫徹這個原則之餘，還得面對收入是否足以維生的問題。

　　一部戲成功時，高興的不只是編劇一個人，所有參與其中的相關人員都會一起分享成功的喜悅。「既然如此，以後也繼續做《熟男不結婚》這種戲不就好了？」任誰都會這麼想，但是現實總無法盡如人願。在這種情況下，該如何建立自己身為編劇的特色，同時與周遭協調配合、在業界站穩腳步，可是一門深奧的學問。

NOTE

非得等到火燒屁股才肯全力趕工的問題

　　每位編劇習慣的工作方式都各不相同。某人曾告訴我，他每天都保持規律的工作習慣，以一定的步調執筆。他從早晨到傍晚乖乖坐在書桌前工作，累積四天就能完成一小時長的連續劇初稿。

　　我的做法則完全不同。我一樣花四天左右能寫出一小時的連續劇初稿，但是我無法每天保持一定的效率工作。一開始心想「反正時間還很多」，老是拖拖拉拉，到了火燒屁股的時候才發現「糟糕，沒時間了」，急忙開始趕工，到了截稿前一天還會挑燈夜戰。

　　假設作息規律的人花四天完成十等分的工作，每天都做二點五等分，我的情況就是每天分別完成一、一、三、五等分。每到最後一天，我總是心想：「為什麼我就是沒辦法把時間分配好，要到最後才這樣趕？」不過久而久之，這種步調已經成了我的工作習慣。我幾乎不拖稿，製作人也說我的交稿速度還算快。萬一每次都拖到最後趕工，導致劇本交不出來、拖累劇組，甚至合作對象減少，那就是大問題了。我雖然老是在最後關頭趕工，不過沒有發生上述問題，順利完成專業編劇分內的工作，因此也不急於改善，才會一直維持同樣的工作模式。

　　我這種工作步調的缺點在於，萬一截稿前夕突然有急事要辦，時間上完全沒有彈性。每天保持一定進度的人，即使在最後一天不巧碰上急事，被占去半天的時間也沒有大礙。畢竟原稿已完成大半，只要當天晚上多花點時間趕工就行了。但是「火燒屁股型」的人得在截稿當天徹夜趕工才來得及交稿，萬一再被急事占去半天的時間，就只能拜託客戶把截稿期限延後一天了。

　　雖然有這個問題，不過只要有辦法做好專業編劇的工作，採用哪一種工作型態都無妨。寫到這裡，我突然有個疑問：這些工作習慣對作品內容有沒有影響？這就和後文提到的「寫不寫分場大綱」是否對劇本內容有所影響，是類似的問題。

　　假如「火燒屁股型」對作品有正面效益，大概就是「前半拖拖拉拉的時候，劇本已經在腦中反覆推演，醞釀的成果在後半一口氣發揮出來。」或是「隨著剩餘時間越來越少，焦慮感轉化為爆發力，更容易想出好點子。」不過事實真相如何，就不得而知了。

NOTE

樂在取材

　　撰寫劇本，必須對題材有一定程度的認識。例如撰寫以律師為主軸的戲，就必須了解律師的工作內容以及案件審理流程。時不時有人問我，「專業編劇是怎麼取材的？」這一節就來談談取材的情形。

　　編劇的取材過程，大致可分為四個階段：

(1) 執筆之前，與相關領域的專業人士見面訪談。

(2) 實地到相關場所見習。

(3) 撰寫劇本的過程中，如有不懂的地方，寫信或致電請教專業人士。

(4) 劇本完成後，請專業人士做最後檢查。

　　以律師劇為例，第 (1) 點就是與律師進行訪談，第 (2) 點是到法庭旁聽。第 (3)、(4) 點大多會請第 (1) 點採訪過的人幫忙，當然也可能另外拜託其他專業人士協助。

　　尋找願意接受訪談的專業人士，是製作人分內的工作。假如撰寫這部劇本必須訪談某個領域的專業人士，製作人會負責找到取材對象、進行洽談。關於第 (2) 點也一樣，萬一需要見習的場所未經同意不得進入，製作人也會負責交涉（法庭則是任何人都可以自由旁聽）。

編劇只要開口說「需要這個和那個」，製作人就會安排好一切，所以非常輕鬆，接下來只要人到現場取材就好。取材時，製作人幾乎都會陪同到場。我個性怕生，前往取材的時候總會緊張，不過對方態度總是非常友善，幾乎無一例外。畢竟願意答應取材要求，就已經表示對方樂於談論這個話題；而且有機會聊聊自己在做的事，任誰都會很有興致吧。話匣子一開就停不下來的情況也所在多有，往往已經超過了預定的時間，對方還表示：「對了，還發生過這種事……」

除了與人見面訪談、實地見習以外，當然也會查閱書籍、上網搜尋。有時候我會自己找書、買書，製作人偶爾也會幫忙準備需要的書籍。

如上所述，只要不是特別艱澀的題材，專業編劇幾乎不必為了取材傷腦筋。這一點對尚未進入業界的人來說有其困難，要以個人身分聯絡陌生人、約定訪談時間可不容易（當然，如果有門路的話就直接採取行動無妨）。

因此，我不會強迫編劇教室的學生進行取材，反而會建議學生選擇不需要取材、自己熟悉的題材來撰寫劇本。當然，如果認識相關領域人士，去找對方聊聊、讀幾本相關書籍等等，絕對不是壞事，反而應該積極行動。

NOTE

取材大小事

在此聊聊過去作品的取材實例。

《老公當家》

準備這部戲做了相當多的取材。主角是家庭主夫，所以首先要對家庭主夫進行採訪，製作人聯絡了有在經營部落格的主夫進行取材（三人左右）。接下來訪問了幾位一般的家庭主婦，除此之外，還拜託先前同意劇組攝影的幼稚園讓我們入內參觀，並採訪幼稚園老師。題外話，這部戲開播之後，有個以「思考兩性平等社會」爲主題的座談會邀我參加（我委婉回絕了）。這齣戲並不是出於這麼高尚的想法寫成的，但接獲這類邀約，也算是認眞取材的成果之一吧！

《大搜查線・番外篇：灣岸署女警物語》（踊る大搜查線・番外編～湾岸署婦警物語）

製作本劇時，採訪了位於富士電視臺附近，水上署交通課的幾位女警，還記得當時她們開著船來到富士電視臺前面，嚇了我一跳。聽說發生殺人案等事件，署內成立搜查本部時，她們會去採買食材煮飯，我便把相關情形寫進劇中當作小插曲。訪談時，女警說「一群人穿著制服到超市採買，其他顧客會以

為出什麼大事了，所以我們會先換上便服。」我聽了刻意在劇中描寫員警穿著制服採買的情形，這也是取材之後再將事實進行加工的例子。

《熟男不結婚》

決定主角的職業為建築師後，我採訪了一位建築師，這部戲的主角就只做了這項取材而已。前文也提過，為了寫這部戲，我訪問了不少女性，取材過程中的收穫就反映在主角周遭女性角色的描寫上。

《特命係長・只野仁》

本劇未進行任何取材。

《小梅醫生》（梅ちゃん先生）

不管怎麼說，這是發生在過去時代的故事，所以不取材就無法動筆。當時訪問的是與本劇主角「梅子」同年代的女醫師（當時也還有好幾位女醫師仍在執業中）。聽說「昭和二十一年廢止醫專（醫學專門學校），改為醫大，所以醫專最後一學年的同學萬一不及格，就再也沒機會留級了。」我聽了覺得很有趣，便決定讓梅子在那一年入學。除此之外，到舊海軍的設施拿醫藥用品、動不動就停電等等，許多劇中事件都是取材而來。

《社長不是人》（ブラック・プレジデント）

　　我們為這部戲也做了不少取材。設定上，主角是服飾公司的社長，這間公司是黑心企業，「服飾公司」、「社長」、「黑心企業」，這三項都必須經過取材才能下筆。此外，劇中也會出現電影社團的大學生。我自己大學時代就是電影社的，不過也想取材看看最近的大學生是什麼模樣。

　　最後訪談了服飾公司員工、某公司社長、曾任社長祕書的女性、幾位電影社團的學生，取材涵蓋範圍相當廣，而取材成果也確實反映在這部作品當中。

　　以上就是「因應作品需要」而進行的取材，不過除此之外，我也還有不為了特別目的、平時蒐集寫作材料的靈感筆記。以前被問到「你會蒐集寫作素材嗎？」我總是回答「不會」，不過自從雲端服務 Evernote 問世以來，我也開始蒐集各種靈感了。Evernote 的好處在於，不管是網路文章還是自己的備忘錄，甚至是照片，都可以一股腦丟進去，需要的時候再用搜尋功能找出來。資料放在雲端，所以從電腦、手機都能取用。有它之前，即使努力蒐集點子，也只會弄得便條紙四散、格式亂七八糟難以整理，所以我才覺得做了也沒什麼用處；有了這個服務，先不論之後是否會用到，不管什麼資料都可以隨手儲存起來了。

成為編劇的三條路

這一節，我想整理一下成為專業編劇的方法。說起來，成為專業編劇到底是怎麼一回事呢？會向編劇委託工作的，是電視臺或影視製作公司的製作人。製作人開始某個案子的時候，想到「這次請那個人寫劇本好了」，於是委託某個新人撰寫劇本；新人也不辜負製作人的期待，寫出符合要求的劇本，最後收到編劇費用，這才算是正式出道成為專業編劇。

編劇新手要是還沒出道，又想接到製作人的委託，必須要先讓製作人讀到自己的劇本，設法讓製作人覺得「這個人能力不錯」、「真想跟他合作看看」。製作人若沒有先對你的劇本留下正面印象，一切都不會開始。

成為專業編劇的管道，歸根究柢就是「獲得製作人的肯定」。有三種方法可以達成這個目標，分別是「徵稿比賽」、「介紹」、「毛遂自薦」。以下分別介紹這三種方法。

徵稿比賽

首先必須了解，在徵稿比賽中獲選，並不等於「正式就職成為編劇」。即使獲得獎項，也只是獲得一句「恭喜得獎」、拿到獎金就結束了。從得獎到成為專業編劇，還有一段路要走。

　　要成為專業編劇，在徵稿比賽中獲獎可說是讓製作人讀到劇本的最快捷徑。尤其電視臺主辦的徵稿比賽，目的就是為自家發掘業界新血，因此是讓該電視臺多位製作人一口氣看見自己作品的好機會。想讓製作人閱讀自己的劇本、獲得評價，不一定要奪得大獎，佳作、入圍作品也有機會被看見。實際上，「富士電視臺青年劇本大獎」佳作或入圍的人當中，就出了幾位專業編劇。

　　反之，參加徵稿比賽獲獎，卻沒有接到任何編劇工作的聯絡，後來就這樣不了了之的例子也不在少數。這就表示這次雖然得了獎，卻沒有碰到適合的製作人。

　　那麼得獎的人該怎麼做才好呢？不妨儘量與對你的作品感興趣的製作人保持聯繫、培養合作關係。這時該採取的具體行動，就是撰寫企劃書或劇情大綱，有時候是對方主動委託，有時候是自己寫好主動送過去。重點不在於企劃是否獲得採用，與製作人培養合作關係才是主要目的。

　　但是人與人之間的緣分總是無法預料，有時候持續往來的製作人遲遲沒有合作機會，反而忽然從毫不相干的地方接到工作委託。

介紹

　　編劇做久了，有時候製作人會請我們「幫忙介紹不錯的新人」。這時候大多是在找人負責把原作整理成劇情概要，偶爾是找人幫忙寫系列作其中一集的劇本。如果編劇教室有實力足

夠的學生，或是有適合對方工作內容的人選，我就會介紹給製作人。當然，萬一隨便介紹能力不足的人，也會連帶影響到介紹者的信用，所以我只會介紹自己認為「沒問題」的人。

毛遂自薦

創作者親自送件、編輯當面審稿，在日本漫畫界已經成為一種投稿機制。戲劇界雖然沒有這種習慣，但是也沒有禁止投稿的規定，所以想要毛遂自薦也屬於個人自由。

電視劇又可以分為電視臺獨立製作，以及電視臺委託影視公司製作兩種。因此，毛遂自薦的對象也分為「電視臺製作人」以及「影視公司製作人」兩種。如果立志成為編劇，必須留意自己喜歡的戲劇是由哪個單位製作，又是由哪一位製作人負責。

沒有人規定投稿必須按照什麼流程進行，不過收件人若是只寫「某某電視臺」或「某某影視公司」，稿子恐怕不會被看見，還是指名寄給特定的製作人比較好。你可以自己決定要寄給哪一位製作人，不妨挑選自己「想要合作共事」的人，例如喜歡的連續劇的製作人。

直接致電到公司並非上策，畢竟製作人很可能不在公司；即使正好進辦公室，製作人也十分忙碌，突然接到陌生人的電話也只是徒增困擾。一開始還是以郵件寄送為宜，當然，一定要附上一封信，以謙恭有禮的態度說明自己是誰，麻煩對方抽空閱讀自己的劇本，並附上聯絡方式。

　　這時希望各位謹記的是，保持「有讓人讀到就是賺到」的心態。從對方的角度看來，一個素昧平生的人叫自己閱讀作品，也沒有義務一定要照做。萬一對方心想「改天再來看」，結果就這麼一直擺著，我們也沒有立場抱怨，而且結果也可能是「我讀了，但這劇本沒什麼意思，所以決定不聯絡。」

　　綜上所述，最好等到能寫出一定程度的作品之後再毛遂自薦。投遞素質低落的作品請人閱讀，只是徒增對方困擾，希望各位至少累積足以入圍徵稿比賽的實力，再嘗試主動投稿。之所以這麼說，是因為我也有點擔心自己這麼寫，萬一造成大量的人主動寄送稿件，會不會有認識的製作人向我抱怨「都是你寫了那種文章，現在有一堆差勁的作品寄過來，害我們很困擾。」

　　「毛遂自薦」這一項我寫得比較詳細，這是因為我以前也有過這種經驗。我獲得富士電視臺青年劇本大獎之前，某天在晚報上看見一篇報導：「日本電視臺為深夜連續劇新闢播放時段，瞄準年輕觀眾，同時以培育新進編劇為目標……」於是我懷著姑且一試的心態，把自己的作品寄給了該節目的負責人。過幾天，我接到製作人的電話：「我讀了你的劇本，滿有意思的，我們見個面吧。」後來我和這位製作人合作寫過大綱，雖然這段關係沒有為我帶來第一份工作，但是我一直和這位製作人保持來往，成為專業編劇之後，已和他累積多次合作經驗。根據親身經歷，我深知嘗試毛遂自薦並不是什麼壞事。這位製作人正好是認真看待這類投稿的人，不過他也說「之前讀過幾部寄來的投稿作品，但這還是我第一次真的想跟對方聯絡。」

　　還有，偶爾會有人不寄劇本，而是寫企劃書請製作人過目，我認為這麼做沒有太大意義。假如該企劃書很有意思，順利獲得採用，你也只會收到一點企劃稿酬，真正負責寫劇本的還是其他專業編劇。想接到編劇工作，唯有讓製作人閱讀劇本、認同你的實力一途。對方沒有讀過你的劇本，不可能只讀一份企劃書就決定「請這個人來寫劇本」。

NOTE

如何成為懸疑劇的編劇

　　我把前一節的文章發表在部落格上的時候，編劇教室的學生讀了問我：「我很喜歡懸疑劇，如果未來想成為專寫懸疑劇的編劇，該怎麼做才好呢？」前一節的文章當中，確實沒有提到想成為特定劇種的編劇該怎麼做，因此我想在這一節稍微談談這點。

　　如前一節所述，成為專業編劇，就代表讓製作人主動來委託你撰寫劇本。開始練習編劇的人該如何到達這個目標，用底下這個譬喻也許比較容易想像（圖 C）。

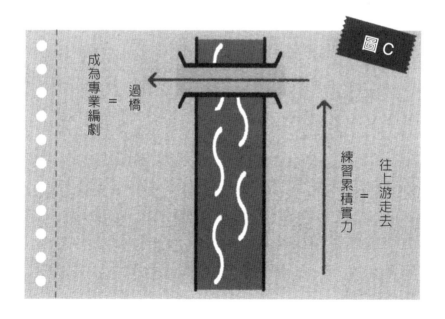

圖 C

成為專業編劇 ＝ 過橋

練習累積實力 ＝ 往上游走去

假設現在有一條河，你站在下游的河堤，正要往上游走去。這就像是練習編劇、累積實力，越往上游走，越能寫出饒富趣味的作品。另一方面，成為專業編劇，就相當於過河到對岸。那麼，該怎麼做才能到對岸呢？答案是「到了上游，自然會看到橋梁。」擁有足夠實力，能寫出有趣劇本的人不可能被忽視，一定會有人發現你的實力，為你鋪好一座橋。反過來說，如果還沒走到上游，即使想過河，下游也沒有橋。已經走到上游的人，要讓搭橋的人（製作人）發現自己，就要靠前述的「徵稿比賽」、「介紹」、「毛遂自薦」三個方法。

在上述前提之下，想撰寫懸疑劇等特定劇種的人，該從什麼角度思考比較好呢？

一種思考方式是，「寫哪一種類型的戲，應該等成為專業編劇之後再說，所以進入業界之前，還是先專心培養寫出有趣劇本的能力。」用圖 C 來比喻，不管想寫哪一種戲，都得先等過橋之後再說，所以在過橋之前還是專心往上游走就好。

另一方面，如果你真的很喜歡懸疑劇，想要專注於這個目標，我認為也是可行的。只是一般而言，即使撰寫懸疑類劇本投稿比賽，被選上的機會也不大。徵稿比賽通常偏好新鮮的題材或主題，著重年輕人的感受力；如果寫一齣刑警解決殺人案的戲投稿，即使有一定程度的品質，評審仍會認為「這種戲專業編劇要寫幾齣就有幾齣」。那麼，對於志在懸疑劇的人來說，究竟哪裡才有橋可以過河呢？

　　首先，想寫懸疑劇，當然必須進行相關練習。「雖然我現在不太會寫，但是我對懸疑劇的熱忱不會輸給任何人。」製作人是不會委託這種人撰寫劇本的。

　　想練成寫懸疑劇的功力，除了練習撰寫一般人間劇以外，還必須加上以下練習：

(1) 閱讀幾本介紹「推理、懸疑故事寫法」的書。

(2) 大量閱讀推理、懸疑類的著名小說。

(3) 大量觀賞推理、懸疑類的知名電影，並進行分析。

　　偶爾會有初學者說：「我的人生經驗還不夠，沒有信心把人間劇寫好，所以我想從懸疑劇著手。」這可是大錯特錯，寫懸疑劇必須要有這個類別的相關知識。

　　學生時代，我針對前述三項做了大量練習。並不是因為特別想寫懸疑劇（雖然我也希望自己有朝一日接到這類工作時，具備足以應對的實力），而是因為我認為，不論撰寫哪一類型的戲，上述練習都可以為作品增色。實際上，這些練習確實頗有幫助。當上專業編劇之後，我也寫過幾部懸疑劇，多虧當時練習打好了底子，寫起來不覺得有什麼阻礙。

　　如果想請專門撰寫懸疑劇的編劇給予指導，可以找找這類編劇有沒有在哪裡開課，否則就只能直接拜託對方賜教了。假如不知道聯絡方式，不妨試著聯絡那位編劇所屬的團體（例如日本編劇聯盟等），或是與那位編劇合作的製作人。但是對方不可能立刻告訴你聯絡方式，只能幫你轉達「某某人想跟你聯絡，你願意把聯絡方式告訴他嗎？」如果不是在編劇教室當講

師的人，不太可能隨便點頭說「沒問題，告訴他吧。」

　　假如你特別針對懸疑劇練習，累積了一定程度的實力，已經來到河川上游，該怎麼找到橋過河呢？徵稿比賽的機會不大，那就剩下「介紹」或「毛遂自薦」這兩個辦法了。不論是介紹還是毛遂自薦，既然想寫懸疑劇，你就必須遇到負責這類戲劇的製作人。懸疑劇大多是由電視臺委託影視公司製作，必須多留意片尾的工作人員名單，記下哪幾家影視公司常做懸疑劇，你喜歡的戲又是哪一間公司的哪位製作人負責。話雖如此，順利獲得介紹、接觸到你的目標的機會不大，所以也許還是以前述方式投遞稿件比較好。

　　即使結識了製作人、實力也獲得認可，也不太可能立刻接到「用這部原作寫兩小時的懸疑劇本」這種委託，一開始會先接到撰寫大綱或企劃書的工作，也就是擔任編劇助理。至於該怎麼從編劇助理的狀態，成為可以獨當一面接案的編劇呢？這個問題不好回答，成為專業編劇並沒有固定的套路。例如幾位編劇合作執筆一部連續劇，後來碰巧缺人；劇本本來是其他人負責寫，你只負責寫大綱，但那個人因故突然沒辦法負責這個案子等等，需要一點機緣和運氣。每個編劇都是這麼入行的。

　　以上談了專以懸疑劇為目標的入行方式，但另一方面，我自己也心懷疑問，不確定這種方法是否絕對正確。編寫懸疑劇重視該領域特有的知識，是匠人性質較強的工作。業界裡熟知懸疑劇技法的專業編劇要多少就有多少，所以從製作人的角度看來，很可能產生這種想法：「有太多人寫得出比你有趣的作品，我為什麼非讓你寫不可？」若是一般戲劇，還能以自己的

個人風格、感受能力、獨特視角與人抗衡，但專寫懸疑劇恐怕得和經驗豐富的專業編劇進行不利之爭，這點必須先有心理準備。

　　其他特殊劇種還有「歷史劇」、「英雄特攝片」等，基本思考方式與懸疑劇相同，但上述劇種製作數量少，想必更是一道窄門。如前文所述，還是以「過橋」爲優先才是上策。

NOTE

徵稿比賽全憑運氣？

　　我獲得第五屆富士電視臺青年劇本大獎，以此為契機進入業界。在此之前數年間，我已經投稿參加過許多比賽，但除了獲頒大獎這一次之外，連最終審查都沒有入圍過（只得過日本編劇聯盟課程內部競賽的佳作而已）。

　　最後還是得到了一直以來視為目標的大獎，結果看似圓滿，但是我對徵稿比賽卻沒有留下什麼好印象。

　　電視劇本徵稿比賽的獲獎作品，大部分都會刊載於《戲劇月刊》（月刊ドラマ）；自己投稿的作品落選後，便會在月刊上讀到得獎作品。當時我每一次讀完都覺得，「這作品有這麼好嗎？」得獎的劇本絕對不算差勁，我也不覺得自己的作品就一定比較好。只是忍不住想，如果這部作品可以得到第一名，那我的作品至少也有入圍最終審查的程度吧？

　　假如得獎作品令人拍案叫絕，讀了自然會想：「好，我也要以此為努力目標！」練習的動力也會提升。但是每次給人的感覺都是：「這部作品有這麼厲害嗎？跟我的作品有什麼決定性的差別？」難免令人提不起幹勁。這種困惑的狀態持續了好多年，最後我下定決心：「再也不要依賴比賽這種標準不明確的東西了，以後還是直接向製作人毛遂自薦吧。」結果，我最後一次投稿的作品獲得了大獎。

　　獲悉得獎消息，我心裡當然很高興，但是同時也不免疑惑：「咦？這部作品可以得大獎？」如果這齣戲可以得大獎，那它和我先前石沉大海的那些作品有什麼差別？這時我同時投稿了四部作品，但其他三部連最終審查都沒有入圍。明明是同一個人寫出來的作品，真的有這麼大的差距嗎？真令人摸不著頭緒。

　　我的得獎作品也被刊在《戲劇月刊》上，除了劇本之外，也一同刊出這次富士電視臺負責評審的大多亮先生、河毛俊作先生等製作人、導演之間的對談紀錄。其中有一段話是這麼說的：

　　　河毛：「我在想這部作品是什麼時候寫的……是幾年前寫的呢，還是去年寫的？簡而言之，這部作品在富士電視臺宣布終結偶像劇之後才投稿，這時間點是有意義的。如果在偶像劇全盛期來稿，可能不會引起評審注意。」
　　　大多：「應該會落選吧。」
　　　　　　　　　　（摘自《戲劇月刊》1992 年 9 月號）

　　其實那是我在得獎前兩年寫的作品，也就是說，我是因為這兩年的時間差才得獎的。我這次獲獎，正好證明了徵稿比賽確實有運氣成分。

　　但可以肯定的是，連初審都過不了的作品，不可能只因為運氣好就獲得大獎。只是最後剩下十至二十部參賽作品的時候，哪一部會獲得大獎，就有一定程度的運氣成分在。重點在於，徵稿比賽沒有確切的傾向與對策，誰也說不準「什麼樣的作品會得獎」。比起得獎條件，寫出任誰讀了都覺得有意思的

作品，才是志在編劇的人應該設立的目標。只要能做到這一點，即使在某次比賽中不幸落選，也會有人注意到你的實力。

NOTE

擔任徵稿比賽評審的幾個想法

這一節提出我以專業編劇身分，開始參與比賽評選之後的想法。

劇本比賽中常見的問題之一，就是「無法影像化的題材究竟好不好」。例如某次徵稿比賽當中，有一部以替身演員為主角的作品入圍最終審查。若要將這部作品拍成戲劇，必須把替身演員的工作情形拍出來，考量現實因素是不可能的。既然這是以「得獎作品拍成電視劇」為前提的徵稿比賽，拿不可能拍成影像的作品來投稿實在令人不敢苟同。如果連「這部作品要拍成影像有困難，不適合投稿這個獎項」這種判斷都做不到，這個人顯然不適合當編劇。假如想都沒想過這部作品是否可能拍成影片，那就更不用說了。即使只是讓評審懷疑「作者投稿的時候有沒有考慮過拍攝問題？」你在比賽中就吃虧了。只不過，以前無法拍成影像的題材，最近用電腦特效就能輕而易舉完成，這也是不爭的事實。因此哪些題材拍得出來、哪些拍不出來，也很難一概而論。

參與最終審查，會發現有幾種「不知為何常常出現」的題材。例如以小孩子為主角的作品占比相當高；年輕人對人生感到迷惘，因而回到故鄉的故事也十分常見。選擇以孩童為主角，是因為小孩子感覺比較單純，比起成年人複雜的心境和背

景來得容易描寫。回到故鄉的故事數量多，應該是許多創作者「尋找符合自己心境的題材」，結果不約而同導出相同結論使然。此外，以鄉下地方爲背景的作品也多得出乎意料，也許是不少作者認爲以自己的故鄉爲故事背景，比較容易發揮個人特色的緣故。雖然不能先入爲主認定這些題材絕對不好，但是不可否認，評審看見類似的作品，難免心想「又來了」。自己想到的點子，其他人很可能也想過了，這一點最好還是放在心上。

和以前相比，近來幾乎很少看見「支離破碎、不具劇本形式，卻很有意思」的作品。反之，「結構完整，卻不夠吸引人」的作品則變多了，也許是因爲在編劇教室學習的人增加，幾乎所有投稿者都擁有編劇基本知識的關係。話雖如此，要求大家寫出支離破碎的劇本也不合常理就是了。

投稿作品當然不能出現錯漏字，這一點先不討論。除此之外，還有一項無關乎內容的重點，那就是投稿時最好採用易於閱讀的格式。以前會出現格式非常誇張的稿子，令人懷疑作者是否不知道格式可以調整；最近很少看見這麼誇張的例子了，不過仍然有不好讀的稿子，大部分都是「字與字之間間隔過大」所造成。似乎是因爲版面配置成二十字 × 二十行的時候，行距不容易出問題，但字距容易顯得過於寬鬆，儘量把字距安排得緊密一點比較好。另外，採直式排版時上方留白宜大於下方，閱讀體驗較佳。字體使用一般明體或黑體即可，刻意選擇書法字體無益於營造特別氛圍，只會造成閱讀困難。

第五章　留意這幾點，編劇功力立刻三級跳

初學者撰寫大綱的常見錯誤

　　這一章會說明實際撰寫作品時的注意事項，其中又以歸類於「第一階段」的要點居多。

　　首先是大綱。大綱與「劇情簡介」雖然類似，但兩者本質上是不同的東西。撰寫大綱的目的，在於開始執筆之前先讓其他人過目、徵求意見，確認內容沒有問題，所以必須以正式的文章書寫。反過來說，如果是自學編劇，沒有人會審核你的作品，那就不一定要寫大綱，隨手寫成只有自己看得懂的備忘錄也沒問題。專業編劇開始執筆之前，幾乎都會寫一份大綱，以便和製作人開會討論內容（其中也有人不愛寫大綱，習慣直接開始寫劇本；不過若非在編劇業界有了一定的地位，這種做法是不會被允許的）。

　　簡單說，大綱的功能就是「劇本的設計圖」。若說「劇本是一齣戲的設計圖」，那麼大綱就等於是劇本的設計圖。

　　這就是大綱和劇情簡介不同之處。舉例來說，一齣戲的劇情可以在一百字以內介紹完畢，例如報章雜誌上的作品簡介即是一例，但大綱則無法在一百字以內寫完。這點和房子的設計圖相似，一棟房子的「完成概念圖」可以畫成明信片大小，但是房屋設計圖則沒有辦法畫得這麼小。設計圖要發揮其功能，必須畫在具有一定尺寸的紙上才行。同樣道理，一齣戲的大綱

也必須用一定以上的文字量才能寫成（一般來說，一小時長的戲大約需要四百字稿紙 × 四、五張以上的字數）。完整寫出這部作品的故事、人物設定，它才能發揮劇本設計圖的功能。

在編劇教室指導學生，會發現學生作品時常出現一些共通問題，此處介紹幾個「大綱」常見的問題。

1 學生寫的大綱常常出現「於是兩人感情逐漸加溫」這種句子，明明是該仔細寫清楚的地方，卻用一行草草帶過。假設這篇大綱是 A4 五頁左右的長度，上述那一行的內容本來該用一整頁的篇幅仔細描寫；這部分用一行草草帶過，代表其他部分花了不少篇幅撰寫無關緊要的內容。若以這種大綱直接開始撰寫劇本，要不是寫出焦點空泛、沒內容的作品，便是寫到一半就卡關碰壁，難以繼續寫下去。

為什麼會出現這種問題呢？當然有一部分是對「戲劇」不了解使然，但我認為「下意識逃避困難」才是更主要的原因。描寫一齣戲的重要情節當然不容易，但是一味逃避、不處理這一部分，劇本就無法繼續往前推進。要解決這個問題，首先請重新審視自己寫的大綱，挑出「一行帶過重要情節」的部分，接著思考如何擴充這些情節。所謂「創作戲劇」，指的就是這個過程。

2 學生的大綱常常出現「不斷往前回溯故事」的通病，且讓我以電影《克拉瑪對克拉瑪》為例說明這個傾向。這部電影的

開頭是：主角下班回家，妻子突然拋下一句「我要走了」，對主角的挽留充耳不聞，便頭也不回地離家出走。妻子走出家門的時候，這部電影才剛開始幾分鐘而已。這部作品的故事重點在於「工作狂男主角首度挑起育兒職責，逐漸與兒子培養親情羈絆」，因此越早讓妻子離家越好。然而，如果讓學生撰寫同樣的故事，他們會從「主角是工作狂，從來不顧家」開始寫起，再寫「妻子對此不滿」、「妻子暗示自己的不滿，但丈夫完全沒有注意到」、「在某個契機之下，妻子的不滿終於爆發，下定決心離家出走」，到妻子離家的時候已經過了三十分鐘，結果導致沒有時間仔細刻劃主角與兒子的交流情形。要解決這個問題，必須留意「這部作品的重點是什麼，所以故事應該從哪一段開始」；若沒有這層認知和判斷，便會不斷往回描寫「觀眾能夠想像的事情始末」。學生作品當中常見「故事太晚開始」的症狀，大多都是這個原因造成的。

3 討論大綱的時候，我問學生「接下來發生什麼事？」學生的回答總是十分冗長，「接下來因為……，然後……，所以就……然後又……」一直說到我喊停為止，而且聽完往往還是不太清楚故事梗概。我問的是「接下來呢？」答案是接下來發生的事，應該一行就可以說完。例如灰姑娘的故事，其中一段是「舞會當晚，後母命令灰姑娘獨自留在家做家事」，如果問「接下來呢？」答案是：「神仙教母出現在灰姑娘眼前。」「再接下來呢？」「神仙教母對灰姑娘施展神奇魔法。」就像這樣，故事乃是由一行一行的「接下來」串接而成。也許你聽了覺得，「這不是理所當然嗎？」不過，確實有許多學生沒辦

法簡單扼要地答出「接下來」發生的事，想必是沒有好好掌握自己寫出來的故事使然。更進一步來說，是因爲「沒有把故事想清楚」。要解決這個問題，在建構故事的時候，必須時時意識到自己是否說得出「接下來發生什麼事」、「再來發生什麼事」，以一行簡單說明每個段落發生的事情；至於故事有趣與否，是做到這一點之後再來考慮的事情。

NOTE

畫面描述這樣寫就好

　　接下來說明畫面描述的寫法。初學編劇的時候，也許還不太清楚該如何撰寫畫面描述，不過一旦了解「畫面描述是什麼」，接下來就不會那麼煩惱了。我從來沒聽說專業編劇會為了畫面描述傷腦筋，即使苦惱「這裡該讓主角離開，還是留在原地？」編劇煩惱的也是戲劇內容，而不是畫面描述的寫法。專業編劇關於故事、角色、臺詞的煩惱永無止盡，不過與畫面描述相關的煩惱，則在早期就會結束了。

　　畫面描述包含人物動作，如「走過來」、「坐下」；人物表情，如「一邊哭泣」、「面帶笑容」；以及場景說明，如「聳立著老舊的住商混合大樓」、「下著傾盆大雨」等，功能在於具體、扼要說明場景狀況，以及眼前看得見的東西。聽起來十分簡單，不過有幾種初學者容易犯的錯誤。

　　學生撰寫畫面描述的問題，大致可根據原因分為兩類：一是「沒有意識到時間」，一是「沒有意識到影像」。

　　先來談談「時間」。例如初學者有個常見的錯誤：人物在餐桌前坐下，說「我開動了」然後開始吃飯，卻講了幾句臺詞便說「我吃飽了」，離開座位。要是這麼寫，這人只花一分鐘左右的時間就吃完一頓飯了。撰寫劇本時，必須隨時注意人物的行為、對話花費多久時間。要解決這個例子當中的問題，不

妨把這一幕改爲開飯時開始、吃到一半便結束，或是從正在吃飯時開始、吃飽時結束；也可以吃到一半時開始、還沒吃飽便結束，或是先描寫人物吃到一半，然後安排時間經過，直接跳到吃飽的時候等等，有多種解決辦法。

前文的例子是整個場景的時間都出了問題，不過即使只是一行畫面描述，也會出現類似問題。例如只寫「到收銀台付錢」，乍看之下好像五秒就結束了，但實際上「拿出錢包→把錢放到櫃台→店員收錢、找錢→收下找零，放進錢包」，這一連串的動作得花三十秒左右的時間。因此，畫面描述若是只寫一句「到收銀台付錢」，等於這三十秒之間，這齣戲只讓觀眾看人物默默結帳的情形。了解這一點之後，就可以省略結帳情形，或是讓人物一邊付錢、一邊繼續說臺詞等等，避免這個問題發生。

接下來談談「沒有意識到影像」的問題。曾有學生無意間寫了一句畫面描述：「某某人被車輾過」，看得我嚇了一大跳。這句中文沒有任何問題，但是作爲劇本的畫面描述，可就大有問題了。畫面描述這麼寫，是代表要實際拍出人被車輾過的血腥畫面嗎？要爲了這一幕使用替身演員，還是要用電腦特效處理？在現實中，電視劇不會這麼做，一般只會寫「太郎穿越馬路。一輛車從另一個方向疾駛過來。太郎見狀，表情因恐懼而扭曲。」不會拍出事故發生的瞬間（這只是舉例，不代表這種描寫方式特別優秀。另外，電影等可能刻意採用這種血腥的拍法）。換言之，畫面描述也帶有指示拍攝現場「請拍攝這種影像」的意思，因此撰寫畫面描述時，編劇也必須在腦海中

具體想像拍攝畫面。

　　如果說這是「沒有意識到時間」、「沒有意識到影像」的問題，那寫出上述畫面描述的初學者意識到的是什麼？答案是文字，初學者只意識到劇本上的「文字」而已。但是電視劇、電影的劇本，是為了最後請演員演出、拍成影像而寫，編劇必須隨時意識到作品的最終樣貌。

　　與「拍成影像」相關的另一個重點在於，畫面描述只會寫「肉眼能看見的具體事物」。比如「他心中湧起一股愛意」，這種外在看不出來的事情並不會寫在畫面描述之中。思考如何表現這種看不見的情緒，也是編劇的重點之一。

　　此外，學生常問的問題還有：「畫面描述該寫得多仔細？」這只能視需要而定了。例如亂七八糟的房間該描寫到什麼程度？只寫「房裡凌亂不堪」就可以了，如果再多加幾筆，寫出「髒衣服、吃完的杯麵容器散落一地」也沒問題。不過，假如寫到「穿過的長褲、襯衫、內衣褲、襪子等等……」好像就顯得太多了。只是，假如這是該人物初次登場的場景，想要強調這人多不擅長收拾房間，也不是絕對不能這麼寫。如上所述，這個問題並沒有絕對的標準。

　　該如何練習寫畫面描述呢？我當時沒有特別意識過畫面描述的練習。萬一撰寫劇本時出現上述錯誤，只要受人指正時立刻改過來，慢慢就會寫了。假如想特別加強畫面描述的練習，不妨先觀賞拍好的戲劇、電影，一邊想像這一幕的畫面描述是怎麼寫的，一邊自己提筆寫寫看，之後再和實際劇本做對照。

不過要採用這種練習方法，必須挑選劇本已經公開在《戲劇月刊》等報章雜誌上的作品才行。

NOTE

撰寫臺詞的注意事項

撰寫劇本的過程當中，「寫臺詞」當然占了龐大的分量，同時也是令編劇傷透腦筋的困難工程。甚至有人說，「寫臺詞太依靠才華，沒辦法教別人怎麼寫。」也許確實如此，但是真要這麼說的話，所有跟寫劇本有關的事都只能「全憑才華決定」了。不論教編劇、學編劇的人，都必須想想「有沒有哪些地方可以靠練習改善？」而且，至少到某個階段為止，練習確實是有效的。

初學者撰寫臺詞最先碰到的問題，就是每個人物的臺詞都千篇一律，缺乏個性。這點個人差異相當大，有些人第一次寫劇本，就能寫出符合角色個性的臺詞，有些人卻只能寫出像機器人一樣，機械化、乏味生硬的臺詞。

讀到後者的時候，令我感到不可思議的是：「為什麼沒有注意到自己和周遭的人平常都不會這樣說話？」

「該如何寫出著名臺詞」這種高難度的話題我們先不討論，如果想寫出「帶有一般人說話的真實感、傳達角色個性的臺詞」，該如何練習才好呢？

　　首先，在日常生活中，對自己和周遭人群的說話內容要夠敏銳，時時仔細傾聽。前文提過的「人群觀察」練習也包含這一點。回想生活中發生的點點滴滴，一定會注意到「那個人的說話方式有某某特徵」、「那種說法真有趣」等等。既然對人感興趣，一定也會對人們口中說出來的話有興趣。

　　練習分析電影時，當然也會分析到臺詞。碰上有趣、絕妙的臺詞，記得仔細思考：「那句臺詞真有意思，有趣的原因是……」「為了表現人物的情緒和個性，那句臺詞下了哪些苦工？」然後不斷累積這些心得。

　　除此之外，聆賞落語也是練習撰寫臺詞的好辦法。落語是日本的傳統表演藝術，台上只有一位表演者，獨自扮演各式各樣的劇中人物；演員並不會一一點明「這句話是某某人說的」，但觀眾聽了自然知道是哪一個人物在講話。如何分飾各個角色、表現性格特徵等技巧，都十分具有參考價值。

　　在編劇教室常被糾正的「不好的臺詞」，有不少是「說明臺詞」與「長臺詞」。

　　說明臺詞並非一概不能使用，所有臺詞多少都帶有說明色彩。警探劇常在搜查會議中談論案件調查狀況，這正是說明臺詞；推理故事到了全劇高潮，偵探或刑警總會敘述自己的推論，這也是說明。只要觀眾看到這一幕，對說明內容產生興趣，那使用說明臺詞就沒有問題。

　　另一方面，萬一在一般對話當中出現「說明意味濃厚」的臺詞，可會大掃觀眾的興致。應該多下點功夫去除臺詞中的說明感，或是以人物心情、性格表現加以代替。分析優秀電影的過程中，一定隨處可見這種例子。

　　長臺詞也一樣，長臺詞本身並沒有什麼不好，經典名作當中常常看見長臺詞深深吸引觀眾、打動人心的例子。但是初學者筆下的長臺詞，幾乎都是由於前述的「說明性質」太過濃厚，才不小心寫得太長。即使本意是表達人物心境，實際上往往只是在「說明」人物感受而已。

　　要培養臺詞長度的觀念，不妨實際閱讀名作劇本，由於閱讀劇本時臺詞的長度一目瞭然，因此會比直接觀賞拍攝完成的作品有效。和業餘人士寫的劇本比起來，專業編劇的劇本中簡短對白的比例較高，我擔任比賽評審、閱讀業餘作品的時候，只要一眼瞥過去覺得「好黑」，臺詞寫得密密麻麻，就知道「啊，這是初學者的作品。」與其說長臺詞絕對不能用，倒不如留意臺詞是否寫出人與人之間正常對話的情形，這才是重點所在。

NOTE

「分場大綱」寫不寫？

　　撰寫劇本的作業當中，有個步驟是撰寫「分場大綱」。一般而言，編劇分為「大綱（故事）」、「分場大綱」、「初稿」、「修正」幾個步驟。分場大綱是在故事大致底定後、劇本開始執筆前的工作，會列出各幕順序與內容概要（誰與誰做什麼事），可說是劇本的架構表。分場大綱在日文稱為「箱書」，是由於手寫劇本的時代，習慣將分場大綱以四方形（箱）框起來而得名；但分場大綱並沒有既定格式，畢竟分場大綱本來就不是會拿到外頭讓人看見的東西。或許有些編劇或製作人會拿分場大綱開會討論，不過有這種習慣的人也僅占少數。

　　編劇的煩惱大多不在於分場大綱該怎麼寫，而是到底「要不要寫」。實際上，也有不少編劇在故事成形之後不寫分場大綱，直接開始撰寫劇本。無論如何，一定得決定每一幕的內容和順序才能完成劇本，因此差別只在於執筆前先以「分場大綱」的形式決定這些要素，或是邊寫劇本邊決定而已。兩種做法無所謂對錯，重點在於自己覺得哪一種方法比較順手、能寫出比較好的作品。

《作家之眼：談劇本寫作》（作家の眼—シナリオとは—，暫譯。日本映人社出版，1967）是一本由編劇執筆的散文集，瀏覽本書可發現不少人對分場大綱持反對態度。

> 「分場大綱確實能使架構更緊密，但同時也使得幕與幕之間的銜接方式越來越重視理性，作品中的感性也隨之蒸發。『這麼一來，作品豈不是像乾貨一樣乾癟乏味了嗎？』這是我的親身體會。」（早坂曉）
> 「如果在擬定架構的階段，最終幕就已經完成，那還何必費盡千辛萬苦、一格一格把稿紙填滿？我真是無法理解。」（石堂淑朗）

我自己也是「不寫分場大綱」派，不過並不像前述兩位編劇那樣，出於某種創作理念而決定不寫；單純是我即使寫了分場大綱，到了半途也會嫌麻煩，最後總是心想：「哎呀算了，不如直接開始動筆。」

我不寫分場大綱還有一個主因：即使先寫好分場大綱，之後也一定會有所更動。以我的寫作狀況為例，我寫了分場大綱，並不代表之後就能寫出完成度高、不必修正的劇本，反而往往在絞盡腦汁修改的過程中，才終於發現：「原來如此，這個故事這麼改就會變有趣了！」這是出於「最重要的核心一定要實際動筆、讓劇中人物行動之後才會誕生」這種本質上的原因，或者單純是「不嘗試錯誤就想不出好點子」，我也不甚清楚。也有些編劇在撰寫大綱、分場大綱的階段，對作品的想像就已經大致成形，「接下來只要把它寫出來就好」，不過顯然我完全不屬於這種類型。

　　不論如何，只要決定自己的工作風格，能夠順利完成編劇工作，那就沒有問題。我幾乎確定屬於「不寫分場大綱派」了，但也不像前述兩位編劇一樣確信自己選了正確的做法，每次寫劇本時總是一邊苦惱：「唉，要是我好好寫分場大綱，是不是就不會搞得這麼辛苦了……」

NOTE

「低潮」的定義與對策

　　常有人問我：「你陷入低潮的時候都怎麼辦呢？」日文的「低潮（スランプ）」一詞源於英文「slump」，查閱網路辭典可發現這個詞有暴跌、驟降、衰落、不景氣、評價差勁、人氣下滑、狀況不佳、萎靡不振等解釋，和日語中的意思差不多。這個詞涵蓋了一定程度的範圍，解釋中包括了規模較大的「暴跌」，也有貼近日常的「狀況不佳、萎靡不振」。

　　編劇的「低潮」也同樣有程度之分。嚴重的低潮，是作品持續風評不佳、收視率低落，輿論紛紛搖頭表示「這編劇已經完蛋了」，或是持續數年一直寫不出劇本的狀態。這時編劇的飯碗也會陷入危機。

　　另一方面，較輕微的低潮，指的則是平時的創作活動中，煩惱「這段該怎麼辦才好」，或是遲遲想不出好點子、心情鬱悶的狀態。這是家常便飯，不僅限於編劇，但凡創作者難免都會碰上這種狀態。

　　問我「陷入低潮時怎麼辦」的人，問的應該是後者，也就是日常的低潮。

　　但是把平時創作活動中的煩惱、鬱悶稱爲「低潮」，說這是狀況不佳，我總覺得不太對勁。以登山來比喻，登山途中當然會遇到艱險路段；看見登山家爬到艱險處，與險峻的地形搏

鬥，我們會說他現在「狀況不佳」嗎？如果是平時能輕鬆攀登的路段，現在卻無法克服，也許能稱之為狀況不佳。但是碰上難關需要多加把勁才能克服，這是理所當然，並不是狀況好不好的問題。

因此，若問我碰上這種狀態該怎麼辦，我只能回答：「絞盡腦汁苦思，直到脫離這個狀態為止。」正是因為有能力在一定時間內擺脫這個狀態、找到可以接受的解答，所以才能以專業編劇的身分在業界做下去。

如果還沒有成為專業編劇，或是剛開始學習編劇的新手，思考「如何克服低潮」的時候，和前文所謂的「低潮」又截然不同，必須重新定義。這時的低潮有兩種定義：(1) 在田裡培育農作物，煩惱該怎麼做才能把作物種得更大、更好；(2) 在沙漠裡播種，卻煩惱作物為什麼不發芽。

要把田裡的作物種得更好，苦思該怎麼做、不斷嘗試錯誤都是理所當然，也是必經之路；正因為有這時的苦思和嘗試，才能收穫豐碩的果實。對於創作者而言，這種煩惱在所難免，也是家常便飯，和登山途中碰上難關、吃盡苦頭是一樣的。

另一方面，在沙漠裡播種則不可能種出新芽。這等於是在挑戰不可能，想要從此收穫成果也是錯誤的期待。想獲得成果應該怎麼做？那就是把「沙漠」變成可以耕種的「田地」。

　　這是前文提過的 P / PC 平衡原理的問題。假如 PC，也就是腦內土壤養分豐足，你煩惱的重點就是 P，也就是該如何把作物栽培得更好。但是，假如腦內土壤養分不足，作物當然長不好，這時必須幫腦內土壤施肥。編劇學生懷疑自己「是不是陷入低潮」的時候，大多都不是作物的問題，而是田地養分的問題。

NOTE

<table>
<tr><td>終章</td><td>寫出有趣劇本的必要條件</td><td>尾崎將也
與準編劇
的座談會</td></tr>
</table>

出席者

◎與會者 A　　女性。出社會後接觸到迷人的戲劇世界，進入編劇教室上課。現正於日本編劇聯盟學院的尾崎教室修業。

◎與會者 B　　女性。大學期間於電影系習得編劇能力，畢業後擔任編劇助理，一邊磨練編劇技巧。

◎與會者 C　　男性。於一般大學畢業後，進入電影專門學校學習編劇，現在擔任編劇助理，一邊磨練編劇技巧。

◎編輯　　　　本書編輯。

◎尾崎將也

Q 該怎麼知道自己程度如何？

尾崎 今天請各位多多指教。各位在座談會前已經讀過本書原稿，請各位以讀者代表的身分，踴躍提出自己的問題和疑問。

與會者 A 我很好奇現在自己練習編劇的程度到底到哪裡？

尾崎 學生時代，我也總是想知道自己的程度如何、還要練習多久才能到達專業編劇的水準，但是編劇能力畢竟沒有辦法量化為分數。確實，如果只看第 10 頁的圖 A 或是第 117 頁的圖 C，感覺好像能看出自己現在走到哪裡；就這一點而言，這兩張圖並未正確反映出現實狀況。以圖 C 來說，我們在河堤上往上游前進，但是途中濃霧瀰漫，所以行人無從得知自己身在何處，也不知道還要走多久才會看到橋，這才是實際狀況。因此，即使前方一片迷茫，仍只能一個勁地往前走。

除此之外，不僅限於編劇，其他領域的學習過程也一樣，還要考慮「成長曲線」、又稱「學習曲線」的問題，請看圖 D。橫軸是時間，縱軸是成果，一般人練習的時候，都期待獲得的成果與投入時間成正比，也就是 a 曲線；但實際情形大多是 b 曲線，成果要過一段時間才會出現。重點在於遲遲看不見練習成果的時候，是否還能繼續堅持下去。

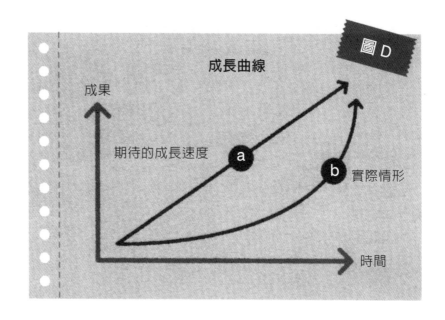

與會者 B　圖 D 的 b 曲線突然竄升之處，如果用圖 C 來比喻，就是即將過橋的時候嗎？

尾崎　其實也沒辦法很確切地明白：「哦，實力突然上升不少，就快到達目標了！」1992 年，我得到第五屆富士電視臺青年劇本大獎，但那部獲獎作品，是我在得獎約兩年前寫的愛情喜劇。當時我把這部作品拿給編劇教室的老師看，老師說：「現在已經知道你有能力寫這類作品了，以後要不要嘗試看看不同類型的劇本？」我心想，嘗試不同類型、拓展自己的可能性好像也不錯，所以往後除了愛情喜劇以外，也開始撰寫親子故事等等。後來，過了兩年，以前寫的那部愛情喜劇得了大獎。接到得獎通知的時候我當然很高興，但同時也覺得：

「咦？結果這部作品就可以得獎了嗎？」第 122 頁也提過，那次得獎有很大的偶然因素在。所以，學習過程中其實無法得知自己現在走到哪裡，又要走多遠才能抵達目標。不過，至少還能從某些跡象判斷自己已經累積了一定的實力，例如作品拿給別人看，大多都能收到「很有趣」的評價；或是徵稿比賽的初審、複審幾乎都能順利通過等等，只是無法判斷離目標還有多遠。

　　編輯　感覺有點像運動選手進行復健訓練時會說的話，只能相信自己、努力往前進。

　　尾崎　我多少也對自己有信心，只是這點沒辦法跟其他人比較；而且「相信自己」這方面的心理建設寫在本書裡用處也不大，畢竟懷有這份信心是一切的前提。

Ｑ 我想進一步了解「數位故事」的意思！

　　與會者 B　我覺得「故事帶有數位特質」這種說法很新鮮，但我好像還沒有完全理解其中的意涵。

　　尾崎　以戰爭電影來說，主角收到徵兵令、在戰場上執行某作戰等等，這些都是已經決定好的「設定」，帶有數位性質。另一方面，主角本來厭惡戰爭，但是眼見同袍被殺，心中

湧現怒火，殺死敵人之後卻又深感懊悔等等，人物的情緒不斷變化，帶有類比性質。方向明確的數位設定，類比的情緒及人際關係變化，故事便在這兩者交織之下逐步完成。我發現初學者就是因為把這兩者混為一談，所以才常常碰壁。

某些類別的故事容易看出上述兩者之間的區別，某些作品則不然。例如警探劇中，「正在調查某個事件」的數位設定便一目瞭然。又如電影《回到未來》，則是幾乎以數位要素構成的作品：回到二十五年前，無意間阻礙了雙親的邂逅；事先知道什麼時候會打雷，只能利用雷電的力量回到未來等等，故事並未受到主角的心情等類比要素左右。雖然提到撮合雙親的情節，但幾乎沒有描寫兩人微妙的心理變化。

一般的人間劇，則較難看出兩者之間的區別。例如小津安二郎導演的《晚春》，講的是女兒結婚之前的故事，但是父親也沒有特別執行什麼催促女兒出嫁的「數位」作戰。

與會者 B　如果用電車比喻，在車站搭上哪一部列車是「數位」，車上乘客的心情就是「類比」囉？

尾崎　這個比喻很清楚易懂。乘客搭上電車，心情以類比的方式變化，結果導致他轉乘另一輛列車，也就代表故事產生數位的變化。

Q 如何更客觀審視自己的作品

與會者 C 第 6 頁提到，我們很難客觀審視自己寫的劇本，那該如何培養更客觀的眼光呢？

尾崎 並沒有什麼辦法可以讓你立刻學會客觀看待自己的作品，最重要的還是傾聽別人的意見，然後據此進行修正。自己原本想表達某些概念，但是意思沒有傳達給別人，或是別人閱讀之後產生不一樣的詮釋等等，這些情況都得親身經歷過才會明白。

最近我把原稿寄給製作人的時候，會在稿子最後加一份條列式的清單，列出「我自己認為這份稿子還有哪些問題」。再給我三天，這些問題也許就能迎刃而解，但今天就是截稿期限，所以目前還找不到解法，我認為這就是客觀看待自己的原稿。我們開會討論時，就從這些問題開始：「你指出的問題點都沒有錯，那具體而言該怎麼修改呢？」不過直到現在，別人仍然會指出我意想不到的問題；有時候自己不太滿意的原稿也會大受好評，當然也遇過相反的例子。當然，投稿比賽的時候無法採用這種方式，不過以編劇為業，或是在編劇教室上課的話，不妨試試看這種做法，我想沒有製作人或講師會因此生氣的。好吧，我也不太確定（笑）。

還有，執筆過程當中，如果覺得「這句臺詞有待改進」，我會直接把當下的想法註記在原稿上。當然能立刻想到解決辦法最好，不過如果得多花點時間才能解決，我會先把問題標起來繼續往前寫，事後再回頭思考。

Q 時間有限，該先做什麼練習？

與會者 C　要培養腦內土壤，除了分析電影、觀察人群之外，還有什麼好方法嗎？

尾崎　這就是如何分配時間的問題了。舉個例子，看畫展對於練習編劇有沒有幫助？我們可以很肯定地說，一定比什麼都不看來得有幫助。即使無法直接改善編劇技巧，欣賞藝術多少也會影響感受能力。但是，本書主旨是「以三年成為專業編劇為目標」，必須充分運用有限的時間。把該做的練習依照優先順序排列，結果差不多就是本書列出的練習法。舉個極端的例子，如果說編劇需要累積人生經驗，所以我學編劇的第一步是踏上浪跡世界之旅，聽起來好像不太對吧？雖然這麼做並不是完全沒有意義。

　　學生時代，人生經驗不足曾經讓我感到不安：「這麼缺乏生命經驗的人，真的有辦法成為編劇嗎？」但以結果而論，我還是成功當上專業編劇了，我認為這代表分析電影、閱讀書籍彌補了我人生經驗的不足；一部好電影、一本好書，擁有等同於生命經驗的內容。

Q 深入探討「卡片製作」

與會者 A　我在老師的部落格上讀到分析電影、製作卡片的練習法，也跟著照做，但是不知道為什麼，我寫下來的東西總是馬上就忘記了。

尾崎　這個問題讓我有點意外，我製作卡片的時候從來沒有意識到要把內容「記起來」。製作卡片的意義在於過程中多方思考，目的不是要把寫在卡片上的內容背下來。實際上，我做了一千多張卡片，如果問我能不能背出這一千項的內容，答案是完全沒辦法。製作卡片的過程中不斷努力思考，大量累積思考經驗，到了最後，「如何寫出有意思的劇本」、「如何構築一個故事」這些知識，便會完整吸收到大腦裡，而不是背下幾條知識的問題。

與會者 B　用製作卡片的方式練習，會注意到其他電影也用了類似的技巧嗎？比如總共有幾種技巧之類的。

尾崎　我沒注意過技巧總共有幾種，不過看電影的時候確實常常發現：「這不就是某某技巧嗎！」

其實，一般觀眾也會注意到編劇的常用技巧。所謂的「死亡旗標」（立 flag）就是一例，假如在戰爭片裡有人說「我就快退伍了」，拿出家人的照片來看，觀眾就知道「這傢伙要死了」。編劇這麼做的目的，是為了強化這個人物死亡時引人同

情的程度。先把好事告訴觀眾，之後發生壞事時，悲哀程度便會隨之增幅，這是非常普遍的技巧。但是太多作品再三使用同樣的技巧，才會導致觀眾一看就知道「這傢伙要死了」。

同樣的道理，開始製作卡片之後，看電影時也會越來越常注意到：「這段發生這件事，代表之後一定會……」例如我看某部動作片的時候，一看到司機在保養一輛高級轎車，就知道「這輛車之後一定會被破壞」。

與會者 C　我看到卡片分類裡面有一項是「小道具」，覺得很有意思。

尾崎　開始分析電影之後，會碰到許多巧妙運用小道具進行各種表現的例子。著名案例之一就是《公寓春光》當中的化粧粉盒。傑克・李蒙飾演本片主角，他出借自己的公寓，讓上司帶情婦到房裡交歡。有一天，他發現女用的粉盒掉在房裡，便帶去交給上司，告訴他「這是您女伴掉的東西」。過一會兒，他看見自己暗戀的電梯女郎（莎莉・麥克琳飾演）正在使用他撿到的那個粉盒，這才知道她是上司的情婦，頓時大受打擊。這是「透過小道具的移動傳遞情報」的技巧。常見的寫法是讓其他員工交頭接耳：「聽說那個電梯女郎是部長的情婦耶！」讓主角偶然聽見，不過這種寫法顯得平淡無奇，又有點說明味道。用化妝粉盒來表現不僅顯得更洗鍊，也更有意思。

我也在其他電影中看過同樣的技法。男 A 愛吹口哨，總是吹同樣的旋律；過一會兒，男 B 聽見自己喜歡的女孩子吹口哨，吹的也是那首歌，這才發現「這個女生跟男 A 有關

係」。口哨的旋律像小道具一樣在人物之間移動，發揮傳遞某
個訊息的作用。

　　與會者 B　觀眾看的時候不會多想，但編劇其實用了這麼
多技巧。

Ｑ 有些事分析不出結論

　　尾崎　但是，有些事情是分析也沒有用處的。例如剛才
提到《公寓春光》化妝粉盒那一幕，莎莉‧麥克琳和部長吵架
的時候把粉盒丟出去，摔裂了盒裡的鏡子。當時她苦惱不已，
不知道是否該與部長繼續這段不倫關係。傑克‧李蒙發現她用
的是他撿到的那個粉盒，頓時愣在當場，麥克琳問他：「怎麼
了？」李蒙想矇混過去，便隨口說：「我是看到妳那粉盒的鏡
子破了。」麥克琳回答：「這樣反而把我的心照得更清楚。」
以技巧而言，鏡子的裂痕表現出她心中的迷惘，這是一種「弦
外之音」。但是，寫到這裡該如何想出這句臺詞，卻找不出一
定的法則。若說寫出這種臺詞是一種才華、一種直覺，那也就
沒什麼討論餘地了。
　　先前與山田洋次導演談話的時候，我們聊到該怎麼寫出
「這樣反而把我的心照得更清楚」這種臺詞，山田導演的回答
是：「這真的很難。」當時我想，啊，原來連山田導演都覺得
難（笑）。我想，有些事遵循既定的法則就能做到，但確實有

些事超越了這個層次，不能比照辦理。不過，隨時留意「這邊好像沒辦法歸納出法則，該怎麼想出這種點子呢？」多少能夠提升自己的實力，製作卡片的練習也帶有這層意義。

Ｑ 對人多點興趣！

與會者Ａ 第48頁提到「暴露出自己對人沒什麼興趣」，請問這是什麼意思呢？

尾崎 比方說，編劇教室的學生以自己的職業為寫作題材，工作上的細節當然能寫得很清楚，例如工作內容、處理某項業務的手續等等。但是職場上的「人」的感受、人際關係的部分，卻很少讓我感到「不愧是做這一行的，描寫非常詳實」，反而是令人懷疑平時有沒有在觀察職場的作品比較多。

編輯 我工作上會接觸到各式各樣的作家，寫出優秀作品的作家，確實都對「人」很感興趣。其中一位作家說他為了自我訓練，規定自己每碰見一個人，就必須思考「這個人為什麼會成為現在的模樣」，而且必須深入挖掘背後兩層、三層的原因。

尾崎 即使沒有深入挖掘，只看更表層的部分，有時候人們無意間說的話也很有意思。有位女性對正在看電視的丈夫

說：「電視跟我哪一個比較重要？」我聽了覺得真是太有趣
了，這種說法還真不容易想出來。一般人應該只會說：「不要
只顧著看電視，也聽聽我說話嘛。」不過這位女子卻把電視和
自己相提並論，這點特別有趣，也許該說是這個人獨特的感性
吧。這不是絞盡腦汁思考就想得出來的臺詞，所以只能在遇到
時先記起來，想起「對了，這邊可以用那句話」的時候再拿出
來用。要累積腦中儲存的臺詞，平時就必須對觀察人群感興趣
才行。

　　編輯　世界上的人各色各樣，觀察人群、增廣見聞的時
候，是不是也必須特別留意與自己最不一樣的族群呢？

　　尾崎　前面也提過，我的人生經驗並不豐富，成為編劇
之後，我會刻意要求自己到陌生的場合看看。受邀出席不熟識
的人開的派對，我會告訴自己：「好，這是陌生場合！」硬是
要自己到場看看。到了當場，有人問我「好玩嗎？」我會直截
了當地回答「不好玩」（笑）。我想，以這種方式逐步拓展自
己的世界是很重要的。
　　另一方面，編劇也必須了解自己，知道自己是什麼樣的
人、對什麼有興趣。接觸陌生環境的過程中，一定會發現自己
「討厭某些事」、「跟某種人就是合不來」。走出舒適圈，不
僅能了解原本不知道的事，同時也會更了解自己。

Q 思考自己的特性為何

尾崎　我感興趣的對象還滿明顯的。例如《熟男不結婚》裡面有一段提到煙火大會，主角桑野接到邀約：「要不要一起去看煙火？」他的回應是：「找到好地點了嗎？沒有先找好地點直接去看，只會被人潮擠來擠去，只看到人頭就得回家了。」同時期播出的另一部連續劇當中，有一幕是主角走在都市裡看起來像公園的地方，遠方煙火升空，四下無人，主角獨自觀賞煙火。我看到那一幕，心想：「哪有這種地方啊。」都市中凡是能清楚看見煙火的地方，必定都擠滿了人，換言之，那部連續劇不重視這種寫實細節。這一點無所謂好壞，只是類型上的不同。我對寫實的生活感特別有興趣，所以在這方面有所堅持，《熟男不結婚》是最明顯發揮這種特性的作品。

我開始寫《小梅醫生》之前，曾經調查戰後不久的情形，其中最在意的是當時人們在燒掉的木板房遺跡中生活，上廁所的時候都怎麼辦？畢竟廁所也被燒掉了才對。我向負責時代考證的人提出這個問題，對方告訴我：「還是第一次有人問我這個問題，我去查查看。」還有，當時必須搭列車到鄉下購買食糧，列車上總是擠得水洩不通，人人動彈不得，這種狀態下萬一想上廁所該怎麼辦？我對這點非常好奇，所以才會寫出相關情節。每個人一定都有自己獨到的堅持，或是特別感興趣的點。但是，閱讀編劇教室的學生作品，卻很少感受到這方面的堅持。

與會者 A　即使有所堅持，自己可能也沒有意識到？

與會者 B　會不會是害怕表現出自己的特色？就像害怕曝露自己的內在一樣。

尾崎　我覺得要看狀況。但是電視劇很少把負面的人性曝露到極限，所以應該很少有機會碰到這種問題。在《熟男不結婚》當中，我確實把自己的缺點當成主角的人物特徵寫出來，不過並不會覺得特別丟臉。

Q 真的不用思考創作主題嗎？

與會者 A　老師說自己不會特別思考創作主題，但是每一本編劇教學書都會提到主題的重要性，所以這點讓我很驚訝。

編輯　我和小說家來往的時候也有感覺，一旦意識到作品主題，寫出來的文章確實會比較沉重。

尾崎　例如記者採訪創作者的時候，常常會問「這部作品的主題是什麼？」但我想記者恐怕是無法提出太專業的問題，所以才這麼問；畢竟專業的寫作技巧等等，沒有相關知識很難提問，所以才總是先問作品主題。這種現象也強化了主題的重要性，導致一般人普遍認為主題是不可或缺的重要元素。「不思考主題」，也許聽起來態度好像很隨便，但這只是一種

錯覺。即使不思考主題，也不代表作品就沒有主題。

　　過度以主題為優先，作品恐怕淪為純粹的精神論調。尤其是初學者，如同本書正文提過的，過於重視主題可能會寫出把沾著土的青菜盛到盤子上，告訴觀眾「這很營養，你快吃」的作品。觀眾想吃的是美味料理才對。

Ｑ 尾崎學生時代遇過的困難

　　與會者 B　老師剛剛提過，您曾經對自己的人生經驗不足感到不安，除此之外，學生時代還有什麼特別讓您煩惱的事嗎？

　　尾崎　有一段時間，故事與現實之間的平衡讓我大感困擾。例如，當時我看到某齣電視劇有這樣的情節：女主角貿然闖入婚禮，當眾責備新郎欺騙了她的朋友。有人過來想把女主角趕出去，雙方起了糾紛，最後推倒了結婚蛋糕，引發一陣騷動。看到這裡，我的想法是：現實中不可能發生這種事吧。把當事人叫出來私下談，才是一般的做法。所謂戲劇，一定要描寫現實中不可能發生的事嗎？雙方氣氛一觸即發的時候，現實中總會有人緩頰說「好了、好了」，真的吵起來的例子很少。與現實情況相比，戲中老是一言不合就大吵大鬧，這是怎麼回事？難道戲劇只能寫不符事實的謊話嗎？但後來我漸漸明白，即使不讓女主角大鬧結婚典禮，採用雙方私下談判的寫實形式，一樣可以寫出精彩好戲；不寫破天荒的情節，不代表劇本

會因此失去趣味。

　　另一方面，我也發現戲劇是經過凝縮的現實。舉例而言，劇中情侶的分手談判通常在幾分鐘內就會結束了，但是在現實中，分手談判可沒有這麼輕易結束，也許一談就是幾小時。這麼說來，幾分鐘內結束的分手談判是騙人的嗎？我想並非如此，而是戲劇把現實中花上好幾小時的事情濃縮在幾分鐘內表達。

Q 新手不擅長「從途中開始」說故事

　　與會者 A　故事的套路當中，有沒有哪些比較適合編劇學生練習？反過來說，有沒有新手最好避免的套路呢？

　　尾崎　我建議新手儘量選擇朝未來邁進的故事。聚焦於過去的故事，例如「對往事心懷怨恨，最後是否能選擇接納、釋懷？」對於學習中的新手來說很難寫成劇本。

　　與會者 A　這和第 130 頁提到的「新手容易往前回溯故事」是同樣的道理嗎？

　　尾崎　那是兩回事，請仔細閱讀第 131 頁《克拉瑪對克拉瑪》的例子。學生以某職業為題材的時候，大部分都會從主角就職的地方寫起：主角進入職場，一開始吃了不少苦頭，但

他還是一邊挨上司的罵、一邊努力工作；有一天，發生了某件事……。但是，這齣戲其實從「有一天發生了某件事」的地方開始就可以了。很多人誤以為事情非得從一切的開端寫起不可，以警探劇來比喻，就像一齣戲不從事件發生的時候開始，反而從主角當上刑警的時候寫起。

非得從開端寫起的問題，不只發生在故事整體，每一幕當中的描寫也有類似情況。例如聯誼場面對學生來說不容易描寫，因為學生無法從事情進展到中途的時候開始寫，普遍會從每個人的自我介紹寫起，最後這一段就顯得極為冗長。也許必須累積一定程度的寫作經驗，反覆接受讀者指正「這段應該不用寫」，才有辦法改善這一點。

Q 雖然我不寫分場大綱……

與會者 A 老師，您現在也不寫分場大綱嗎？

尾崎 我會一邊寫劇本，一邊記下類似分場大綱的東西，用條列式寫出「到目前為止的故事情節」。電腦螢幕只能看到現在顯示的段落，我這麼寫的目的就是額外看出整體的故事發展。

與會者 A 初學者還是先寫分場大綱比較好嗎？

尾崎　不管分場大綱寫得多仔細，萬一像剛才提到的，警探劇從主角當上刑警的時候寫起，然後告訴我「這一段是起承轉合當中的『起』」，那也是白搭。我想分場大綱要在培養出這種判斷能力之後，才能真正發揮功能；不過當然，寫分場大綱，還是會比什麼都不寫來得好。

Q 情報與情緒

編輯　尾崎老師，您喜歡愛情喜劇，當初獲得大獎的劇本也是愛情喜劇，不過對於初學者來說，愛情喜劇是不是很難寫？

尾崎　描寫戀愛這回事，會寫的人就是會寫，但不會寫的人就是完全寫不出來，個人差異十分明顯。只寫一句「我喜歡你」，那也只是「情報」而已，僅憑這個句子無法引發共鳴、產生「情緒」。看愛情劇的時候，我們都會對劇中人物的情緒產生共鳴、深受感動，但是換成自己執筆的時候，不知怎地就是寫不出情緒。

編輯　是不是代表推理劇、警探劇的數位要素比較多，愛情劇則是類比性質？

尾崎　可以這麼說。戀愛故事當中，主角說出「我喜歡

你」，代表「主角在這一段向對方告白」，這也是數位的故事內容；不過該如何描寫故事演變至此之前，人物內心類比的情緒變化，這才是愛情劇的重點。假設杯子裡裝了水，水滿出來代表告白的瞬間，編劇必須確實寫出杯子逐漸裝滿的類比過程，讓觀眾感受到：「啊，水越來越滿了。」這種內心的微妙變化任誰都有，這時就要考驗編劇是否能將這種心情轉變「輸出」到故事當中了。

剛才化妝粉盒的例子當中，粉盒的移動是情報，「這樣反而把我的心照得更清楚」則是情緒，情緒的描寫難度較高。另一方面，男主角發現暗戀對象是部長的情婦，此時他內心的震驚也是情緒，不過感覺上比較容易描寫。也許可以從這些難度較低的地方開始著手，逐步構築出一部作品。

成為專業編劇，並不會成為無所不能的超人，我也還有許多事情做不到。不過只要到達一定程度，就算是具備專業編劇的水準了。

ⓠ 爲什麼用功學習就會忘了「情緒」

與會者 B 我容易太過偏重取材得來的情報，沒辦法把情報好好編織到故事裡頭。

尾崎 這是我們剛剛提到的「情報」與「情緒」的問題嗎？對編劇學生而言，這也許是學習過程中最大的難關：寫得

出情報，卻無法將之轉換爲情緒。情緒可大致分爲兩類，一是善加描寫人物的情緒，成功傳達給觀眾；二是故事發展引發觀眾內心的情緒，讓人捏一把冷汗、想知道「之後發生什麼事」，或者爲主角加油。當然，這兩種情緒的關係十分密切。

例如《星際大戰四部曲：曙光乍現》（*Star Wars Episode IV: A New Hope*），主角路克一開始在叔叔的農場上做工，歐比王問路克是否願意助他一臂之力，一同救出莉亞公主。路克想離開鄉間，到外面的世界冒險，心裡卻也有幾分猶豫，這時他的答案是：「我只是一介農民，幫不上忙。」就在這時，路克目睹叔叔、嬸嬸被帝國軍殺害，再也沒有任何事物把路克束縛在這塊土地上，他於是下定決心踏上冒險之旅。看到這一段，觀眾與路克的心情產生共鳴的同時，也感受到「冒險終於揭開序幕」的期待。以三幕結構來說，這段就是第一幕的結束、第二幕的開端。但重點不在於「目前爲止是第一幕，從這裡開始要進入第二幕了」這種形式上的問題，而在於觀眾是否覺得有趣、是否對人物產生共鳴、是否感到期待；這不是理論，而是一種感覺。儘管自己當觀眾的時候感受到趣味、期待，一旦換成執筆者的立場，開始思考三幕結構、起承轉合的時候，突然就變得太重視理論了。

有個例子讓我強烈感受到這一點。我曾經在編劇教室和學生一起分析《巨猩喬揚》（*Mighty Joe Young*，1998，朗安德伍導演）。這部電影描述巨大猩猩「喬揚」周遭發生的故事，電影前半，主角在叢林中發現喬揚；喬揚如果能一直在叢林中安穩生活下去那倒還好，偏偏有壞人想把喬揚抓去展示。主角等人不願讓喬揚落入那種壞人手中，於是把牠運到都市裡

的研究設施，前半的叢林風光，也隨之轉換爲都會風景。我問學生：「看到這裡，各位有什麼感受？」結果學生們紛紛回答「感受到自然與文明的對比。」但我原本期待的答案是「感到很好奇，不知道接下來會發生什麼事？」編劇的目標，是寫出觀眾邊看邊期待「接下來會發生什麼事」的作品，只談論「自然與文明的對比」這種大道理，是無法孕育這種感受的。

　　與會者 A　第 32 頁提到看電影的時候不要直接開始寫筆記，必須先以觀眾的角度看一次，原來是這個道理。

　　與會者 C　也許正是因爲用功學習，反而容易陷入這種窘境。

　　與會者 B　未來我會多看電影、電視劇，繼續努力精進，希望能寫出自己觀賞作品時的那份期待感。

　　與會者 A　我樂在寫作過程，容易忘記也要讓觀眾樂在其中。我會從頭再讀一次這本書，懷著重新開始一次「三年」的心情練習編劇。

　　尾崎　今天謝謝各位。

參考文獻

《與成功有約：高效能人士的七個習慣》（完訳 7 つの習慣 人格主義の回復）。史蒂芬・柯維著，キングベアー出版，2016。（原英文書名：*The 7 Habits of Highly Effective People*；中譯本：《與成功有約：高效能人士的七個習慣》。史蒂芬・柯維著，顧淑馨譯，天下文化出版，2017。）

國家圖書館出版品預行編目資料

專業編劇養成術：透過具體的練習,真正學會
撰寫劇本的方法/. -- 初版. -- 臺北市：
五南, 2019.05
　　面；　公分
譯自：3年でプロになれる脚本術
ISBN 978-957-763-388-0（平裝）

1.戲劇劇本　2.寫作法

812.31　　　　　　　　　　108005384

1Z0C

專業編劇養成術
透過具體的練習，真正學會撰寫劇本的方法

作　　者 ─ 尾崎將也

譯　　者 ─ 簡　捷

發 行 人 ─ 楊榮川

總 經 理 ─ 楊士清

副總編輯 ─ 陳念祖

責任編輯 ─ 黃淑真　李敏華

封面設計 ─ 王麗娟

出 版 者 ─ 五南圖書出版股份有限公司

地　　址：106台北市大安區和平東路二段339號4樓

電　　話：(02)2705-5066　　傳　　真：(02)2706-6100

網　　址：http://www.wunan.com.tw

電子郵件：wunan@wunan.com.tw

劃撥帳號：01068953

戶　　名：五南圖書出版股份有限公司

法律顧問　林勝安律師事務所　林勝安律師

出版日期　2019年5月初版一刷

定　　價　新臺幣300元

※版權所有‧欲利用本書內容，必須徵求本公司同意※